KB132038

달래는 몽골 말로 바다
박태일 시집

문학동네시인선 049 박태일

달래는 몽골 말로 바다

시인의 말

 쉰 살 무렵 내가 나에게 쥐여준 작은 꽃다발이었다, 몽골.
여러 해 내 안에 가두어두었던 그들을 그만 돌려보낸다.
 잘 가거라. 다시는 다른 아침, 다른 하늘을 그리워하지 않
으리라.

2013년 12월
박태일

차례

2부

일러두기

몽골어 표기는 저자의 표현의도에 따라 현지음을 원칙으로 했음을 알려드립니다.

몽골의 둥근 슬픔, 둥근 그리움을 밟다

1부

이별

햇살이
햇살이 데리고 왔다
버드나무 가로수로 왔다
귓불에 처진 금귀고리와
바람이 닦은 주름 얼굴
서쪽 1400킬로미터
헙뜨 산골에서 입고 온 두루마기는 빛깔도 푸른데
돌아서서 우는 손녀
쥐여준 종이돈이
슬픔을 굴린 듯 둥글다
이제 첫 학기 시작하면
네 해 동안 만나지 못할 할머니
그새 뜨실지 모를 할머닐
햇살 사이로 만나
두 발 푹푹 빠지는 노을 속으로 보낸다
찰랑거리는 땅금
큰 키 손녀와 함께.

낙타 새끼는 양 복숭뼈를 굴린다

낙타가 갈지자로 걸어온다 버버 회오리가 온다 낙타는 젖
꼭지가 네 개 오른쪽 둘은 새끼가 먹고 왼쪽 둘은 사람이 짠
다 새끼가 먼저 먹지 않으면 젖이 잘 나오지 않는다 이젠 젖
을 짜야 하리

낙타는 눈을 감고 코담배를 들이쉰다 지난주였던가 어뜨
겅 가족이 게르를 걷고 떠난 자리 보랏빛 붓꽃이 턱을 괴고
앉았다 나도 젖이 네 개 달린 낙타가 되고 싶다 물끄러미 붓
꽃이 되고 싶다.

레닌의 외투

아침저녁 오갈 때마다
혹 당신일까 길 건너로 지나치다
울랑바트르에 머문 셋째 주인 오늘
울랑바트르 호텔 앞에 선 당신을 처음 만난다
옆구리에 무거운 외투를 낀 채
익은 듯했던 모습은 동상 앞쪽에 새긴 레닌
레닌 막 배우기 시작한 몽골어로 확인하며
나는 눈인사를 보낸다 레닌
당신보다 먼저 알았던 동지 카우츠키
1970년대 초반 어린 대학생 시절 나에게
그의 책 『계급투쟁』 복사본을 건네주었던 친구는
서독으로 흘러가 동독 문학을 배우고
독일인 아내와 돌아왔지만 그가
처음 말아주었던 대마초 매운 연기처럼
울랑바트르 겨울 공기는 낮고 어둡다
그 카우츠키가 어떻게 살았는지 나는 잊었고
또 당신이 어떻게 그를 다루었는지 희미하지만
칭기스항과 자무하가 뿌린 넓은 땅
울랑바트르 붉은 영웅의 도시에
영웅으로 와서 오래 즐거웠을 당신
잿빛 걸음을 공중에 묶어둔 채
아직도 몽골 정부청사 건너 쪽
그보다 더 큰 대사관으로 남은 조국 러시아와 함께

당신 또한 올랑바트르 많은 동상 가운데서
우뚝 높은 모습으로 지쳐 있는가
조국에서조차 허물어져내린 당신을
70년이나 머물렀던 당신을 그냥 둔
몽골 사람들 깊은 속을 알 순 없으나
어릴 적 혼자 앓다 낫던 생인손처럼
이 많은 사람 속에 당신은 문득 잊혀진 사람이던가
어느덧 당신이나 나나 고향을 두고 온 사람
나는 기껏 종가집 갓김치와 진간장을 사기 위해
해발 1350미터 거리 여저기
상점을 기웃거리는 좀스런 사람이 되었고
어지러웠을 혁명의 갈피마냥 촘촘하게
둘레 산마루까지 올라붙은 판자 판잣집들
3억 원짜리 아파트와 무상의 땅 밑 맨홀집이
중앙난방한 온수로 함께 따뜻한 이곳
너무 멀리 맑은 초원과 하늘
너무 뚜렷한 삶의 위아래
두 세상 끝을 한 품에 안고도
아침이면 모두 평등하게 일어나는 도시
그것을 밤낮없이 눈뜬 채 지켰을 당신은
무엇을 생각하고 있는가
홀로 입술 다물고 선 당신이
한 시절 돌보지 못했던 내 청춘 같고

1970년대 흩어진 사랑 같아 쓸쓸하기만 한데
낡은 전동버스는 흐르다가 서고 흐르다가 선다
거리전화 손에 든 사람들 전화기와 전화기 사이로
낮을 훑는 북국 바람은 무더기로 밀려와도
당신은 한결같이 평안하신가
안녕 레닌
안녕 안녕 레닌
오가는 이 끊긴 울랑바트르 호텔 앞
차를 닦는 아주머니나
손을 기다리는 기사들 눈길조차 주지 않는 쌈지공원
무엇을 위해 덩그러니 당신 그리고 나는 서서
엘지 스카이텔 광고판과 그 너머
2250미터 높고 긴 벅뜨항 산을 바라보고 있는가
몽골보다 먼 북쪽 나라
러시아에서 온 당신을 만나
몽골 사람보다 더 가까운 듯싶은 이 느낌이 서글퍼서
나는 또 혀끝으로 입천장으로
웅얼거린다
안녕 레닌
안녕.

외도

아침 햇살에 쑥대가 붉다
추위 탓으로 생각이 잦아졌는가
발밑에서 등뒤에서 바스락거린다
천문대 호텔 높은 뜰
멀리 눈밭을 건너는 기차와 기차를 따르는 철조망
강에서 풀을 뜯는 소떼는
지난여름 물줄기 함께 썹는 게다
휘청 강이 허릴 비튼다
치마 능선 길게 들린다
어쩌다 여자도
드센 여자를 만났다.

창밖의 여자

송아지가 먹고 자라는
소젖을 빌려 살려니 힘이 든다
혀 밑에서 우머 한 소리 나올 법도 하지만
힘이 줄지 않는 건
때로 살고기 장조림을 먹는 까닭이다
가루 녹차에 소젖을 넣어 끓이는 동안
창밖의 여자 옷 빨고 있다
창밖의 여자 밥상 치우고 있다
저 여자는 무얼 먹고 지낼까

　　들에 등줄기 헉헉 비벼대는 강
　　송아지마냥 따라가볼 일이다
　　땅금 우적우적 씹어댈 일이다

창밖의 여자
어디로 나들이 가나
작두콩만한 발밑 참새떼도
겨우내 한식구로 거두어준 여자
큰 키 미끈한 미루나무
봄이 오는 거리로
불쑥 발을 내딛는다.

높이에 대하여

쉰두 해 눕던 땅에서 몸을 일으켜
하늘 가까운 1500미터
오대산 높이에 내려놓으니 오줌빛이 붉다
물부터 빠져나가는 것일까
혀도 귓속도 말라 파리처럼 손을 부빈다
영하 25도 3층 아파트 유리를
챙챙 쪼곤 흩어지는 아침 햇살
나보다 먼저 와 물을 뒤적이다
겨우내 뿌리째 쉬고 있는 버드나무
기름 끓는 세상 가볍게 사는 게 어찌 나쁘냐고
흔들며 흔들리며 웃으란다
밤새 흘러내린 변기의 물같이
아득한 어느 세월을 밟다 오는가
잘름발이 걸인 한 사람.

밤기차

눈으로 맞는 기차도 있고
귀로 맞는 기차도 있다
사람 내려놓고 기차 떠난 뒤
다시 새벽까지 기다려야 하리
만두를 파는 이도 삶은 양고기를 든 이도
보이지 않는다 잠시 섰던
기차는 어둠을 들쳐업고 북으로 올라간다
나도 기차에 업혀 남쪽 사막으로 내려왔다
올랑바트르 역에서 여섯 시간
어느 호수 밑바닥으로 걸어든 듯 마을은 어둡고
아이 재운 집 둘레로 검둥개만 돈다
얼굴을 맞대고 양고기탕을 나눌 벗도 없이
모랫바닥 식당 탁자에 턱을 괴고
기차가 내려놓은 늙은 불빛을 바라본다
마중나온 내외가 짐을 든다
그들은 어느 볕바른 돌벼랑 아래
흰 게르 민들레 두 포기를 가꾸었으리
아버지와 아들 손자 삼대가 소 양
염소를 번갈아 먹이는 들
기차는 갈퀴를 세우고
모래언덕을 차며 가리
본디 기차는 낮밤없이 마을을 지날 적마다
큰 말 떼 우두머리나 되는 듯

고삐 풀린 목소리를 즐기는
묵은 버릇이 있다.

동행

땡볕에 타버린 술병이
잔금을 문 채 뒹군다
그도 그랬다 어릴 적부터
아버지와 사막을 비럭질로 떠돌아
마음이 낙타 털보다 가벼웠을 사람
거지 성자 단중라브자*
그를 만난 날 밤 바람을 피해
말똥구리 몇이 내 게르로 와 누웠다
빵 부스러기를 뒤집어쓰고 잔 뒤
그냥 갔는가 했더니 저녁에 다시 와
목례를 한다 밥 먹었느냐
오늘밤도 함께해 되겠느냐
모래알에 맞아 찢긴 잎
맨살 벗겨진 채 마른 양버들 줄기까지
게르 안을 기웃거린다
바깥은 사나운 봄 홀로 헤매다
바람에 뜯기고 나면
내 백골도 한 단추 돌은 될 건가
별을 사랑하다 사람들이 넣은
뱀독을 마시고 별이 되어버린
거지 성자 단중라브자
말똥구리와 나는 내일 아침
구름낙타를 탈 생각이다

동쪽 사막 낭떠러지
낭떠러지 그의 동굴까지.

* 단중라브자(1803~1856). 몽골의 이름난 스님·시인·미술가·극
작가·의사. 그를 시샘한 무리가 독살했다. 더른고비(동쪽 사막) 생
샨드에 있는 단중라브자박물관에 가면 그가 어릴 적 입었던 거지 옷
이 한 벌 남아 있다.

낙타 눈물

사막이 주저앉아
회리리 회오리 밟아
그 서슬에 허파 찢긴 듯
털썩 따가운 사랑이 있었던가
성냥개비 불붙는 첫 순간
유황불 젊은 날 다 보내고
능선에 능선을 지고 선 낙타를 본다

겨우내 낭떠러지 추위에 떠밀려
기우뚱 뒤뚱 기름 녹고 접힌 두 등봉
털 빠져 헐거운 뱃가죽
짝과 새끼가 죽었을 때 낙타는 운다지만
오늘은 주인이 켜는 마두금* 소리에
소금보다 짠 눈물을 끓이며
새끼에게 물릴 젖을 내어준다

어리석음이 어찌 덕이랴**
낙타구름 떠가는 봄날
낙타는 사람을 배워 사람처럼 흐느끼고
나는 낙타를 배워
무릎을 꿇는다.

* 머링호르. 암수 두 줄로 된 몽골 전통 현악기. 꼭대기에 말 대가리를 새겨넣기에 마두금(馬頭琴)이라 일컫는다.
** "어리석음이 어찌하여/ 어진 것이 되느냐?" 김종길, 「소」 가운데서.

사이다

낙타똥 뒤섞이는 봄
동쪽 사막 기차역이 그림자 수건을 펄럭인다
어린 손녀와 주전부리 좌판을 잡고 선 뭉흐바트르
검은 두루마기 까마귀떼는 철둑길 모랫길 휘도는데
그대 무얼 껴입은 세월이었나
1950년 평양에서 기차로 흘러든 삼백 아이
더러 돌아가고 떠돌다 묻히고
어느새 꾀꼬리눈썹이 옷자란 채 그대
말도 이름도 모르는 설렁거스*
오늘은 무슨 인사로 내게
거품 진 슬픔 한 병을 그저 건네는가.

* 몽골 사람이 한국 사람을 일컫는 말.

수흐바트르 광장에 앉아

화요일에 태어난 아이와
토요일에 태어난 아이 그리고 나
셋이 웃는다
화요일햇빛 토요일햇빛 그 이름으로 살아갈 누리
길어 여든 짧아 서른인데
어버이들은 어찌 명줄 오랠 일만 걱정했던가
십대 이후 나는 자주 불행했다
길게 흩어 태웠던 소총 화약 매운 연기처럼
좁은 허파꽈리 속으로 들썩이던 슬픔
미끄럼틀 위에서 미끄러지던 정치에 불행했고
비루하던 치정에 불행했다
자주 불행했던 나와 자주 불행할 몽골 아이 둘이
함께 소젖차를 마시노라니
벅뜨항 산 위로
오갈 데 없이 머문 구름
제 혀끝을 씹는 매화
낭자한 핏발.

2부

달래

달래는 슬픈 이름
한번 달래나 해보지
달래바위에 피를 찧었던 일은 우리 옛적 이야기
유월부터 구월까지
하양부터 분홍까지
어딜 가나 저뿐인 듯 피어 떠드는 달래
달래는 몽골 말로 바다
두 억 년 앞선 때는 바다였다는 고비알타이
소금 호수 천막 가게에서
달래 장아찔 카스 안주로 주던
달래는 열 살
아버지 어머니
달래 융단 아래 묻은.

여름

널찍하니 높다라니 뿔이 쌓여 있다 아이가 지나간다 검둥
개가 섰다 간다 아침에도 두 마리 양가죽을 벗겼다

잿빛 뿔 무더기는 가시관에 남루를 걸쳤다 어디서 보았
을까 이제 들쥐들 자러 오리라 이부자리 펴고 달래꽃 섶으
리라

신기루를 글썽거리는 길 사막으로 내려가는 차는 끊기
고 게르 위에 널어둔 저녁 끼때 양고기는 벌써 노을빛이다.

조아라를 기억해주셔요

제 한국 이름은 조아라
저는 좋아요 올랑바트르 대학교 다닐 때 교수님이 지어
준 이름
나롱톨 시장 들머리서 한국인 관광객이 냄새난다고 말하자
이러려면 몽골에 왜 왔어요 벌떡 얼굴을 세워
눈물을 찢어대던 저를 기억해주셔요
약혼 뒤 한 해 내년에 혼인하면
쌍둥이를 낳겠다던 스물아홉
다음 올 때는 호텔비 아껴 자기집에 머물라는 조아라
좋아할 것도 없을 한국인 아저씨 아주머니에게
백지 웃음을 접어주던
그녀 땅콩 까부는 듯한 말소리.

새벽 화장을 하는 여자

여자 넷이 모여 할 일 없으랴 사람들 부푼 잠길에 앉아 화
장이 즐겁다 껌 씹는 일은 묵은 즐거움 허리며 배꼽을 내려
놓고 칙폭칙폭 사막 가운데를 흘러온 어젯밤 침상은 떠올리
지 말라 여자는 늘 바뀐다 무릎까지 바람모래에 맡긴 채 기
찻길을 따라온 전봇대도 갈 데까지 갈 걸음인가 먼동에 일
어난 저 낙타가 십 리 바깥 물냄새를 맡는다는 소문은 잘못
이다 오십 리 바깥 물냄새를 맡는 놈이 낙타다 열두 시간 밤
기차로 국경을 건너다니는 암낙타들 가족의 앞날을 쌍봉인
양 짊어진 채 중국땅 남몽골로 장 보러 간다 땅금에 돈은 해
도 화장을 마쳤는가 여자들은 홍차 잔을 나누며 차창 밖으
로 너머로 노을을 바라본다.

다리강가

다리강가* 불 마을
불을 뿜었던 입은 안으로 녹이고
어깨로 등으로 불 하늘 식혀 앉혀
검은 젖꼭지로 돋은 오름
눈매 붉은 남자들은 들로 나갔다
오름을 보며 돌아와 불을 지핀다
불 허리 불 이마 다듬으며 사는 다리강가
남자들 손에는 여자 줄 노란 팔찌가 익고
머리카락을 잘라 구름 속으로 던지는 여자들
겨울 땔감 소똥 바람벽을 쌓으며
소울음 소리를 흉내낸다
말을 키워 말 키로 뛰어오르는 사람들
이제는 부지깽이처럼 말라가는가
두려워라 까마귀떼 쫓는 저 여자는
달빛 저녁에 힘겹게 아이를 낳으리라
지난 설날 뱃속 아기가 바뀌어
땅을 구르며 운 여자가 한둘이었던가
높고 거룩해라 다리강가 알퉁어워 불 오름
그 이름 입에 올리지는 못하지만
남북동서 우뚝 누른 금관 자리
곳곳 불 거웃 불 혀 식힌 돌사람도
서고 앉아 참새떼를 날린다
장대비처럼 떨어졌나 버드나무 흥건한 들을

온 하루 중얼중얼 기는 구름 그림자
흔한 전깃불 하나 없다 밤새
거울에 비친 촛불에도 신령이 깃드는 마을
모래 굴에 새끼를 숨긴 늑대 언덕을 맴돌고
달빛이 씻어주는 불 오름 아래서
소똥만큼 흔한 이별을 흥얼거린다 남자들은
아내의 배꼽 풀무를 돌리며
펴고 두드리고 다시 녹인다 다리강가
꿈에도 금은을 입히는 이들이 오늘은
세상 한끝에서 별똥별을 묻는다
다리강가 옛 그리움은 잊어버렸나
국경 너머 실려간 딸들 먼
울음소리가 들리는 아침
여자들은 소젖차를 끓인다 뿌린다
이제 손거울마저 눕힌 상갓집에서는
지난밤 죽은 처녀가 떠나리라
울지 마라 먼길 그녀 쉬 갈 수 있도록
울지 마라 어제 깎아 던진 손톱 탓에
오늘 집짐승들 길 잃지 않도록
다리강가 걸음길이 멀어도
시간 약속을 않는 사람들
엉덩이 푸른 아이들이 몰려나가는
십 리 바깥 강가 호수 물비늘은

금귀고리 금팔찌로 철렁 철렁거리는데
붉은 낙타떼는 어느 하늘을 건넜을까
우레우레 쿵쿵 마른 우렛소리
들을 들었다 놓는 다리강가
마지막 불 나라.

* 몽골 동남쪽 국경 초원 지대. 강가족이 사는 마을. 우리 제주도
와 풍토가 닮았다.

신기루

누가 불러 내렸나 구름
구름이 저리 머무는 건 양떼 신기루를 만난 까닭이다
쉬여 보내리 먹여 보내리
평안과 행복을 중얼거리며
연둣빛 향초 보자기 들썩거리는 들
삭발한 낙타들이 호숫가를 걸어간다
옛 절터까진 다시 한나절
구름이 발을 헛디딘다 휘청
내 어깨가 촉촉하다.

손장난

이제 손장난은 슬프다

초저녁에 전기가 식어
밤새 올 것 같지 않은 시각
손전화를 켠다

마을 울타리는 밝은 네모
그 안에 잠든 이름을 하나씩 지운다
만나고 싶지 않은
떠올리고 싶지 않은 사람의 번호

어떤 이는 속이고 떠났고
어떤 이는 얻을 게 없어 떠났고
어떤 이는 지레 버림받아 떠났다
그들 목소리까지 지운다

두 번호는 저승에 닿아 있다
거기 머문 지 몇 해 된 제자
전화할 필요가 없을 터이지만
전화 오가려면 오래 걸릴 터이지만

마흔 줄에 건너간 후배의 아내 번호
무덤도 자식도 없는 그가

가끔 눌러볼 번호에서
자식을 먼저 보낸 아버님 부음이 왔던가

평생 지우지 못할 번호도 있다

하나둘 건너뛰며 넘기며
이제 손장난은 즐겁다
가벼워진 손전화
끈다
켠다

소주 막잔을 꽃다발인 양 탁자 아래로 굴린다.

욜링암

한철 들을 떠돌다
깨닫느니 그대가 내 들임을
그대 두고 헤맨 부질없음을
부질없기로는 겨울 얼음이 여름까지 타는 골짝
등딱지 흰 게르 한 채 앉히고 싶다
염소 풀어놓고 낙타 몰아놓고
작은 공룡알 찾아 굴리며 그대와
얼음 불꽃 쬐고 싶다.

* 욜링암. 몽골 남쪽 사막 옴느고비. 독수리 부리라는 뜻을 지닌 골
짜기 명승.

사를어넌

한국말이 너무 하고 싶어서요
더듬거린다
칭기스항이 어릴 적 마신 달빛 어넌 강에서 자란 어넌
한국 노총각 몽골 처녀 짝짓는 일을 보는 언니
그 언니를 거드는 인문대학교 3학년
여름에는 짝지을 일이 뜸한지
풀밭길 뛰다 받은 손전화 너머에서
한국말 죄인인 날 향해 웃는다
방학이라 한국말이 너무 하고 싶었다는 어넌은
노총각 짝짓는 자리를 보여주지 않으려 했던 어넌은
다음주부터 한국 호텔 굿모닝에서 일한다는데
굿모닝굿모닝 여름밤 쐐기나방
한국 손님에게 시달릴 어넌은 웃고 있지만
이 방학 끝나면 울게 될까
한국말이 너무 하고 싶었다는
그 말이 극약이다.

올랑바트르

큰 종 안에 작은 종
종 둘*을 발밑에 묻은 사람들
두 소리 밟으며 배로 목으로 두 노래** 부른다
올랑바트르 붉은 영웅이 말을 몰았던 곳
그의 사무실은 기념관으로 바뀌고
여든 해를 넘기며 사람 발길 끊겼지만
곧게 자란 버들 누이가
버들잎 입장권을 뜯어준다

한낮 세시 동쪽에서 서쪽에서
마주 오가는 비행구름을 보며
풀 따라 내려온 소들이 강두렁을 씹는 도시
언덕배기 러시아인 공동묘지엔
녹슨 바람개비가 돌고
붉은 영웅이 말에서 내렸다는 광장가
양파 주름을 까고 앉은 노인 둘이
엽전점을 뗀다.

* 몽골의 서울 올랑바트르 중심가는 수흐바트르 광장을 중심으로
이흐터이로와 바가터이로, 두 거리로 이루어졌다. 그리고 둘은 크
작은 두 종 모양을 본떴다.
** 흐미. 몽골 전통 노래 방식 가운데 하나.

사막

게르는 둥글다
게르에선 발소리도 둥글다
게르 앞에서 아이가 돌멩이를 굴린다
둥글게 금을 긋고 논다
아이 얼굴도 둥글다
햇볕에 씹혀 검고
마른 꽃을 잔뜩 심었다
아이는 여자로 잘 자랄 수 있을까
더위를 겉옷인 양 걸친 양떼
헴헴헴 게르 앞을 지나간다
슬픔을 둥글게 머금은 아이가
지는 해를 본다.

헙스걸 달래

헙스걸이 누워 있다 빈 컨테이너 담장 따라
셀브 강 물소리도 지친 방둑
햇살 지린내 그늘에서 푸른 헙스걸이 출렁거린다

한때 암사슴이 손바닥 위로 달렸다
삼나무는 잣나무와 줄기를 나누었다
산에서 내려온 순록 일가는 엎드려 별자리를 익혔다

잉어가 송어를 업어 키우는 민물 바다
물안개 지붕 위로 걸어오르던 아침해
낮은 콧잔등을 웃으며 엉겅퀴 누이는 키가 자랐다

헙스걸이 울고 있다 바잉주르흐 시장 밑길
눈가에 질척이는 식구들을 닦지도 않은 채
무엇을 지고 왔는지 해진 어깨로 여름을 길게 눕히고

지난밤 별자리는 모두 북쪽으로 건넌 것일까
술기운에 접힌 걸음이었을까
말젖술 묵은 통 속인 듯 쿨럭쿨럭 괴는 잠

타락에 양배추를 사 든 시장길
양배추보다 더 겹친 산과 들을 지나서
두고 온 두 천 리 고향길을 두루마긴 양 덮은 채

마흔 고비 헙스걸 맨발 바다가 잔다.

수흐바트르 광장

수흐바트르는 힘센 도끼
한평생 패고 쩍을 일이 무엇이던가
수흐바트르 광장에서 수흐바트르 고향 수흐바트르까지
천 리
들에서 골에서 온 사람들이 도끼를 흔든다
수흐바트르 광장에 몽골몽골 모였다
성글성글 모였다
말 엉덩이에 반달을 모신 사람
소 등에 샛별을 묻은 사람
금빛 허리띠를 묶어 모두 수흐바트르를 닮고 싶은가
엽전점 돌점 점바치가 버드나무 그늘에서 후생을 점치고
책장수 바쑹은 중앙우체국 담벼락에 기대
오늘도 구름 우표를 남쪽으로 부친다
그가 건넨 사진첩 속 수흐바트르는 웃고 있다
화롯불에 던진 소금처럼 하얗게 탔을 나달
수흐바트르는 붉은 영웅
영원히 푸른 하늘*을 찍다 찍다
서른 살에 제 삶을 찍은 사나이
다친 손등을 조용히 내게 펴 보인다.

* 뭉흐 텡게르. 몽골 사람이 섬기는 하늘 신앙의 표상.

해당화

나 먼저 저승 가서 아침 둑길 따라 걷다
그대 생각나면 어이하나

섰다 서성이다 함께 머물렀던 세월에 마냥 떠돌다
나 없이 살아온 인연 나 없이 살아갈 인연 행복하라고 활
짝 피라고

나 먼저 저승 가서 어느 물가
연붉은 그대 만나면.

3부

고비알타이

소젖차를 쏟는다
누가 어깨를 쳤나 보니
팔짱 낀 채 늘어선 벼랑
웅성웅성 서녘이 붉다
낙타가 푸른 늑대를 쫓는다는 골짝은 어제 지났다
막 어른이 된 듯한 여자아이가
늙은 아버지와 소똥을 줍는다
휘파람을 부는 뱀
건너 느릅나무가
무릎을 굽힌 채 본다
하늘 옆구리를 조용히 내딛는 초생달
저승 문지방은
누구하고 건넜을까.

타락을 마시는 저녁

동티가 날까
도착 시간을 묻지 않았다
남은 거리로 짐작하며 웃었다 해가 지는 동안
톨 강가에서 소젖차를 끓였다
낙타구름은 등짐째 서쪽으로 가고
낙타 가족은 고개 저으며 남쪽으로 갔다
배부른 가시숲 고개를 넘어서면
삶은 둥근 슬픔에 절리는 일
산신에게 올릴 양고기를 소주에 적셨다
산 가까이서 이름을 불러 얼마나 많은 산이 숨어버렸던가
엄지손가락을 빠는 화롯불 곁에서
아이들은 양 복숭뼈를 던지고
흰 꽈리처럼 부푼 잠을 잤다
길은 어디서 마을을 잃어버린 것일까
게르에 얹어둔 바지는
어젯밤 늑대가 물고 갔다
옷을 입고 사람살이를 배우려나
다른 집에 들어 밥을 먹고
설거지를 하려나
게르 문지방을 밟고 간 보름달은
이제 자갈 사막 벗어나리라 혼자
소금 호수로 들리라.

울리아스태는 울지 않는다

울리아스는 나무 이름
울리아스 강을 따라
푸른 마을이라 울리아스태
울리아스태는 흘러간다
말도 양도 염소도 소도 흘러간다
노래언덕이 돋은 까닭이다
노래언덕에 노래탑을 모신 까닭이다
울리아스태 노래언덕 노래탑이
울리아스태를 지켜주는 까닭이다
남몽골 사막을 깎는 흙바람도
동몽골 못물을 찢는 비늘 소금도
울리아스태는 잊지 않는다
울리아스 잎과 노래가 함께 자라는 곳
울리아스는 바람 천막
울리아스는 구름 발굽
울리아스태는 쉬지 않는다
턱 바위는 울퉁불퉁 생각이 잦고
가시숲 붉은 여우는 신을 벗어
능선을 바꾼다 꾸벅
요람인 듯 낮달을 인 채
강줄기는 어느 하늘로 목을 젓는가
울리아스는 깍지 낀 슬픔
울리아스는 태어날 아이

울리아스태는 저물지 않는다
노래탑을 모신 까닭이다
노래탑에 노래 어머니를 섬기는 까닭이다
울리아스태 노래탑 노래 어머니가
울리아스태를 보살펴주는 까닭이다
울리아스 울리아스
울리아스는 주먹 등불
울리아스태는 자지 않는다
대춧빛 하늘은 울지 않는다.

밤차를 놓치고

미크로버스는 가득했다 늦은 저녁
톨 강 질러 동쪽 관문 건너 날래흐
늙은 카자흐족이 석탄을 캐며 세운 마을
어둠 서둘러 내려앉아 우묵하고
게르 안에 갓 피운 아이들 웃음소리 다란거렸다
남으로 탄맥이 삼각파도처럼 검게 자라도
언덕배기 절집이 배부른 라마탑을 안고 고요한 곳
거기서부터 날래흐는 양털 손수건처럼 펄럭거렸다
칭기스항 고향으로 나가는 동쪽 길에는
몇 해 앞서부터 은빛 동상 새 칭기스항이 사람을 모은다
는데
유목민이라도 밤을 떠돌진 않는다
올랑바트르까지 20킬로미터
어둠을 툭툭 박으며 까마귀처럼 달려갈까
타르왁처럼 게르 밑을 쏠다 지샐 것인가
정류장 앞길로 차는 들어와 서는데
나갈 차는 오지 않았다
막차를 놓친 이국종 검둥개
나는 게르 불빛을 눈으로 캐며
왼쪽 다리를 들어올렸다
나무 울 구석에다 오줌을 질금거렸다.

타르왁은 잘 잔다

타르왁은 몽골 모르모트
옛날 으뜸 활꾼 타르왁은 솜씨를 으스대던 지배자
하인이 꺾기 위해 부추겼다지 날짐승을 맞히도록
그런데 까마귀는 떨어뜨렸으나 제비는
꼬리를 맞히는 바람에 떨어뜨리지 못했다나
약속한 대로 두 앞발을 씹어버리곤
땅속 짐승으로 살아가게 되었다는 이야기

물을 마시지 않거나 풀뿌리만 씹는 일이 어찌 자랑일 수
야 있는가 소리 다른 매와 까마귀가 둥지 서로 나눌 때까지
줄기 다른 자작나무와 노간주가 뿌리 서로 섞을 때까지 하
루에 세 번 먹을 때만 나와 짧은 앞다리로 바투 서는 삶 모
질다 모질다 해도 해를 보지 않기로 한 약속을 지키려 땅짐
승이 되어버린 타르왁을 따르라

털갈이 끝난 들
땅속에서 땅속으로 흐르는 너와
길에서 길로 떠도는 나와
둘이 서서 보내는 낮달.

들

빗줄기 발처럼 걷혔다
더듬더듬 우레는 어디로 갔나
하늘에는 고요가 못물처럼 넘치고
나는 붕어
하르호린 하르호린
구름 지느러밀 흔들며 간다.

첫눈

　허리가 가늘어서 슬프더냐 가다귀 결바르니 저고리 안섶
으로 보름 달무리 품어 더욱 희다 익은 잠 머리맡에 늑대를
풀거나 돌을 굴리는 일은 묵은 버릇 자작자작 노을 위를 걸
어다닌다고 자작이라 불렀다던가 주머니 따로 없는 두루마
기 델을 입은 채 코담배인 양 안개를 마시는 너는 머스마 허
리띠를 묶어 부스태 네 아내는 가스나 허리띠가 없어 부스
구이 테렐지 강마을로 다시 찾아든 아침이다 멀리 헹티항
산 구월 첫눈을 이고 딸 둘에 양 염소 세 언덕
　자작나무 네 가족 겨울집 떠날 채비를 바람귀에 앉아서
본다.

어뜨겅텡게르를 향하여
─황동규 시인

어뜨겅텡게르 막내 하늘
그 하늘에 이르기 위해
아홉 샘이 끓는 마을
고비알타이 유승볼락에서 하룻밤 머문다
아홉 샘 마을에 샘은 보이지 않고
여윈 낙타 혹등처럼 여저기 누운 구릉
스물일곱 시간을 건너와 다시 다섯 시간
알타이 묏줄기가 밀쳐놓은
항타이시르 산을 지나 잡황 강가
울리아스태 마을로 넘어간다
네모 밥상 돌무덤이 뱃속
녹슨 청동기며 간돌도끼를 꺼내놓고
횟배 아이같이 꾸벅 조는 곳
빛빛깔 금줄 친 다와 고개 서낭당에서
여우처럼 여우 모자 쓴 목민을 만나
물을 나누지만 그는
골짜기 부챗살 속으로 든 소를
찾을 수 없을 것이다 하늘은
위쪽이 아니라 물살 겹쳐 눕는 들 바깥이라서
더 멀다 서로 따로 떠도는 산
큰 나무는 소나무 작은 나무는 염소나무로
따라온다 비칠 발 밟힌 구름끼리
손인사를 나누곤 헤어진다

천막집 천장을 기는 양초 불빛
영하의 여름밤을 건너선 뒤
할말 많은 입을 들썩이는 아침노을
바람은 염주 서릿발을 흩뿌린다 쿨렁
쿨렁 만년설 골짝 물소리 따라
마구 만년을 좇아오른 듯
시루산 시루탑 바위에서 본다
허허노르 푸른 호수
상이라도 하늘 제사상 너머
어뜨겅텡게르 막내 하늘
사람들 울음을 받아주고 스스로 우는 산
울음의 전생
후생을 본다.

길

어워는 입성이 곱다
파란 금줄 붉은 금줄 마구 쳐
바람말까지 발굽 소리 우렁 크다
먼산도 가을에는 제집에 들고 싶은가
구름 이영을 올렸다
무리를 벗어난 소 한 마리
햇살에 녹고 있다 까맣다
저승까지 다니러 갔나보다.

열쇠고리

나 집 떠날 때
아내가 쥐여준 열쇠고리

중국 어느 관광지에서 만들어 넣은
사진 속 웃는 얼굴은
서른 해 옛 가을 처음 자태다

남의 나라 높은 거리를 걸어가며
손가락으로 손바닥으로
열쇠고리를 쥔다

차랑차랑 춥지 말라고
처렁처렁 아프지 말라고
이곳에서나 그곳에서나 힘겹지 말자고

나 집 떠날 때
아내가 쥐여준 울음의 앞쪽.

장조림

네 형제 도시락을 위해
교사댁 어머니가 아끼셨던 장조림
돼지 소 없이 오른 날은 즐거웠다
어머니는 자라는 자식이
별식으로 힘을 얻기만 바라셨을까
어느 때 도시락 뚜껑을 여니 장조림에서
하얀 실구더기가 나온 것인데
젓가락으로 슬쩍 들어내고 먹었던 일은
어머니 그 마음을 헤아려서일까
이제 내가 장조림을 만든다
암소 살고기 피를 뺀 다음
인중까지 불기운을 당긴다
마늘에는 고기가 한 맛 더한다는
아내의 어제 전화 목소리를 얹고
설탕과 설탕보다 흰 바깥 눈발을 섞는다
슬픔은 졸아드는 소리도 큰가
아는 이보다 모르는 이가 즐거운
어리석은 행복을 슬퍼하면서
한 시간 두 시간
올랑바트르 둘레의 하늘과 강
지난 가을을 끓인다.

가을은

가을은 머물 데가 없어
여름과 겨울 사이를 서성거리다
첫눈 오는 날
가을은 그대 귀로 달려가 귀고리
단란단란 흔들며 산다
도란도란 흔들리며 산다.

4부

붉은 여우

가을을 벗어둔 채 기러기 가족도 떠났습니다 낮으면 낮은 대로 높으면 높은 대로 모자를 쓴 듯 무덤에 들겠습니다 바람발에 흙발에 차이고 밀리면 뒷날 그 아니 좋은 꽃밭일지요 마른내 따라 자작나무 산울타리 열어두고 사슴 늑대 다 잠든 뒤에도 달리겠습니다 한 걸음 두 걸음 울컥울컥 내딛는 어둠 속에서 도마뱀처럼 꼬리를 썹겠습니다 바람이 떠밀어올린 모래산 주름 위에서 부우부우 버마재비 되어 울겠습니다 가다 저물겠습니다 보름달도 혀를 물고 성에꽃처럼 얼어붙는 겨울 별똥별에 태운 무릎뼈를 핥겠습니다

저는 붉은 여우
이승 저승에 별승까지 있다 하니
몇 삶 더 떠돌다 오겠습니다
두 백 년은 기다려 주시기 바랍니다.

그 겨울의 찻집

마을에 이르자
한길은 걸음을 강 쪽으로 돌렸다
시름시름 앞으로 내딛다
기울기를 죽인 물살 위로
축사 불빛이 어룽거리는 거리
사람들은 서서 앉아서 버스를 기다린다
길어서 불편한 두루마기마냥
늘 걸친 가난이어서 지을 죄도 없는 삶
버스가 들어온다 소젖 통을 든 할머니는
지난밤 추위에 밟혀 무릎까지 숨이 차다
한길 끝 나무가 보이지 않는 묘목장과 쇠울타리
바람에 구르는 가시풀 덤불이
축사에서 죽어 나온 닭 같다
오종종 마른 배수구로 몰렸다
눈이 오지 않아 흐린 도시로 버스는 떠나고
다시 올 때까지 두 시간
그 겨울의 찻집에서는
달걀을 보드카에 찍어먹는
주인과 나
둘이서 창밖을 본다.

북두칠성과 다투지 마라

　별에도 불편한 별이 많다 언제 어디서 건너왔는지 알기 힘든 별 무릎이 굽고 어깨가 내려앉아 마음까지 쏟아지는 별 그 가운데 암종을 턱밑에 물고 엉치뼈 쇠못을 박은 채 걸어오는 별 늦은 시각에 달려온 전화 소리같이 별빛 글썽거린다 별구름에 싸여 다닐 만큼 병이 깊었던 것일까 병이란 한쪽으로만 도는 바람개비다 제가 저를 모르니 더 아프다 병원을 오가는 별과 다투지 마라 절뚝거리는 별빛

　별과 별 사이 강이 흐른다 별똥별은 첨벙 어느 골짜길까 먼 데 어머니가 들르러 오시나보다 다른 별로 건너다니시는 어머니 병 다루는 솜씨가 서투신 까닭이다 어머닌 녹지 않을 가루약인 양 슬픔을 녹여 드신다 숟가락처럼 길게 휜 병상에 누우셨다 화성으로 목성으로 해왕성으로 다닐 때부터 어머닌 철길보다 더 녹스셨다 덜커덩 침목 소리를 허리로 받으신다 어느 별에서나 병을 업고 병을 반짝이신다

　어머니 구완하다 먼저 떠나신 아버지 멀리 건너갈 밤이셨던 게다 천왕성 아래서 담배를 피우신다 어떤 별은 먼지를 떨면서 땅금 아래로 내려간다 아버지도 그 길을 따르신다 나는 무슨 별일까 토성 문밖까지 가보았던가 누워 사는 별 하늘 바닥에 물관을 늘어뜨리고 자는 별 살갗을 터뜨리며 갑자기 사라지는 별 차고 뜨거운 별마다 병이 다르다 은하수는 눈병 탓에 수천 억 개 물방울을 반짝이는 게다

별이 기르는 슬픔은 길다 무겁다 끓는 밥 김처럼 별빛 투
덜거린다 외길로 풀린 병을 묶으며 칭얼거린다 흰 별 붉은
별 앙앙 부딪친다 별자리 풀썩거린다 혼자 빛나다 문득 흐
느끼는 별 허물어진 가슴을 꺼내 보여주며 주저앉는 별도
있다 북두칠성과 다투지 마라 별에는 병동도 없이 병으로
가득하다 한 해가 끝나는 십이월 끝자락이다 나는 사막 너
른 밤에 앉아 두 시간 뒤에 떠날 명왕성 기차를 기다린다.

유비비디오에서 알려드립니다

안녕하십니까?
늘 저희 가게를 사랑해주시는 교민 여러분 고맙습니다.
다름아니라 빌려 가신 테이프 반납이 잘 되지 않아 지면
으로 부탁드립니다.
저한테는 테이프 하나하나가 소중하오니 테이프를 반드
시 돌려주시기 바랍니다.
특히 〈장밋빛 인생〉 테이프를 빌려 가신 분께서는
빨리 돌려주시면 고맙겠습니다.

유비비디오 가게가 눈을 맞고 있다
눈은 마르고 커서 천천히 흐른다
어찌 눈이 사람 마음같이 흐를 수 있으랴

유비비디오는 겨우내 거듭 장미를 피워내지만
나는 컵라면에 물을 채우는 나날이었다
라면 컵 속에 하루가 끓는다는 생각

그리움은 다 그렇다
식빵처럼 위쪽으로만 부풀던 하늘
차들은 네걸음길 바람개비로 감겨 도는데

유비비디오는 오늘도 내일도 눈을 맞을 것인가
겨울 봄 없이 맞을 것인가 그리고

그대 없이 나는 행복한가 아닌가

장미도 피지 않는 추운 나라에서
내 장밋빛 인생이 흰 장미를 꺾어 든다.

겨울 날래흐

으뜸 기온이 영하로 내려선 날
걸음을 땅 아래 묻은 사람들 일터로 간다 곳곳
파다 만 흙망울이 파묘한 공동묘지 같고
집짐승 얼씬 않는 한데 탄광
옷도 얼굴도 까만 이들이
석탄 허파꽈리를 차에 올린다 몸도 실린다
한 주일에 두 번 도시로 나가는 철둑길 위로
하늘을 건너는 구름 소떼
물 길러 나간 아이 둘이 주전부리를 빨며 돌아온다
오늘도 영하의 불빛 아래 짓무를 탄굴
끓는 소젖 속 찻잎처럼 쉬 풀어질 나날이라면 얼마나 좋
으랴만
마음은 괭이질 같아 한길로 깊다 마침내
붉은 꽃송아지로 걸어나올 아침
슬픔은 가루로 빻자
따뜻한 석탄 밥상엔
찻잔을 두자.

* 날래흐. 몽골 올랑바트르 동쪽, 한데 탄광이 있는 마을. 지금은
거의 버려졌지만 몽골에서 석탄 산업이 맨 처음 이루어진 곳이다.

백야

나무 장작 조개탄 장수 다 돌아간 골짝
버스도 사람을 내려놓고 문을 잠근다
흰 낙타 털 흩뿌리는 밤
기울어진 연통을 안고
아이들이 게르 위로 날아오른다

능선에는 큰 키 낙엽송이 서넛
텅 어느 눈벼랑이 갈라졌나
개가 짖는다

잠결에 젖을 물리는 어머니.

강우물

　가을 가랑잎이 겨울까지 흘러왔다 얼음 속에 켜켜 한소
끔 몰려 앉았다 호롱불 눈을 밝힌 소들이 강 위로 건너온다
어미소가 송아지를 기다려 돌아섰다 다시 걷는다 큰 키 버
들숲이 이고 진 홍싯빛 노을 강우물 번지 위쪽에선 늙은 내
외 기러기가 물을 긷는다 쩡 한 획 굽은 톨 강이 등짐 내려
놓는다 쩡

　어디선가 말 뼈다귀 찾아 문 검둥개가 지나다 그 소리에
놀라 선다.

얼음 연꽃

들로 나서자 헤를룽 강은 언 무릎을 주물러 편다 시퍼렇다 밤새 두루마기 끌며 내려온 골짝이 깊었던가 함께 핀 연꽃 떨기가 돈다 부딪친다 그랑 장그랑 소리 구멍에 갇혀 우는 메기 일가도 있겠다 붉은 깃 청둥오리 한 마리 강을 짚으며 난다 하얗게 물이 죽는다는 소금 호수는 들 질러 사흘

검정 소떼와 몰이꾼은 마을을 나서 더 추운 새벽으로 건너간다.

말

삶은 되새김질할 수 없는 일
너희는 울며 기며 먹을거리로 내 뒤를 씹지만
나는 내 뒤를 돌아보지 않는다
서서 잠든다고 비웃지만
등 기대 지새는 버릇
소젖에 빠진 파리인 양 재갈을 물었지만
종마만 남기고 거세를 당했지만
너희처럼 핏줄끼리 몸을 섞지는 않는다
우물 곁 사람이 퍼주는 물을 마셔야만 사는 집짐승
그래도 너희 양 낙타와 같이
사람 올 때까지 물냄새만 맡다 쓰러질 수야
염소 뿔 떨어지는 추위
갈기와 눈썹을 내려 접고
바람 가는 남쪽으로 서 있다만
이 바람 자면 달려갈
저 들 저 지옥이
내 집이다.

푸르공

어디서 왔는지 얼마나 걸렸는지
게르 식당 앞에 고개 떨구고 섰을 때는 몰랐지만
다가가 안다
눈 밑에 써붙인 헙뜨−올랑바트르
아 아르항가이 묏줄기 남쪽 길로 왔구나
이틀 밤 흙먼지길로 왔구나

아이 가득 태운
꽃다발 한 대.

초승달

말들이 오신도신 엉덩이를 비빈다
목을 끄덕이는 건
날벌레 탓만 아니다
엠엠 염소떼가 양처럼 울고 가는 저녁
누가 하늘 천막에다 빗금 그었나
줄줄이 기어나오는 별똥별
살무사 새끼 같다
해 지는 곳에서 해 뜨는 곳으로
곰곰 달린다.

장례미사

슬픔에는 방향이 있어 더 슬프다
여섯 개 촛불이 데우는 슬픔
흔드는 슬픔
나를 향해 쓰러지는 그대 슬픔에는
내가 가보지 못한 그대가 있어 더 슬프다.

5부

봄

지난해 구월부터 내린 눈
오동지 쌓였던 응달부터
풀이 돋는다.

떠돌이 눈

달리는 새벽은 즐겁다
그칠 듯 흐르는 셀브 강 물길
땅 밑 온수관 바닥에서 잠자던 가족은
어디로 갔을까 그들 위로 길이 들고 아파트가 서고
공사판 차들 날아다닌다
지난밤 한뎃잠을 잤는지 성글성글
강물에 낯을 씻는 오월 눈발
나와 함께 걸음을 뗀다
철둑 너머 남쪽 톨 강에 이르러서야
내가 몽골 사람이 아니라는 것을 알았나보다
샐쭉 돌아섰다
모롱이 쪽 산등성이를 때리러 간다.

오츨라레 오츨라레

오츨라레는 몽골 말로 미안합니다
톨 강가 이태준열사기념공원 턱까지 아파트가 들어서고
벅뜨항 산 인중까지 관광 게르 식당이 번져올라
봄부터 가을 양고기 반달 만두가 접시째 떠다니는데
오츨라레 허리 세게 눌러서 아픈 발가락 당겨서
당신 나라와 당신 말씨와 당신 복숭뼈를 밟아서
미안합니다 수호바트르 광장 쌈지공원 옆으로
스키 보드 배운 아이들이 낮술에 어른들 걸음을 밟고
긴 봄날 레닌 동상은 어디로 다시 떠날 채비일까
다섯 해만에 들른 올랑바트르
전신 마사지 발 마사지 마구 주무르는 도시
칭기스항 공항으로 나가는 길 따라 차들 바쁠 때
좁은 3층 21세기 마사지 가게 복도에 서서
손님 순서를 기다리는 칭기스항 어머니 허엘룬 아내 보르테
처음으로 마사지를 위해 몸을 맡기고 누운 내 발목을
어린 보르테가 마구 꺾을 때
오츨라레 오츨라레
밥알 같은 슬픔이 튀어나왔다.

바트졸은 힘이 세다

그사이 혼인을 하고 첫아들을 낳았다는 바트졸
한결같이 팔목이 가늘었다
내가 처음 만난 몽골은 술에 얹힌 그녀 아버지였다
아버지를 일으켰다 눕히는 어머니 약시였다
관광객 안내 다섯 해
땅금이 밀리도록 뚝 떨어져 누운 몽골 들에서
바트졸은 어느새 강이었다
셀브 강 어귀에 아파트를 마련하고
오늘도 선듯선듯 한길로 들어서는 아침해.

생배노 몽골

1

참새를 발아래 기르던 버드나무 잘라져 보이질 않고
문 또한 남쪽으로 바꿔 낸 기숙사 복도 끝 304호
늦은 시각 구두를 신은 채 머리를 감는다
낡은 텔레비전은 모르는 채널 위를 오가며
어느 먼 데 소식을 양털 무더기인 양 날린다
창을 열고 묵은 방냄새를 내보낸다
앞길에 세워둔 차가 양 같다
오늘 하루 산으로 들로 다닌 뒤 잠자리에 드는 양
뒷보기유리를 깨뜨려 아양아양 우는 어린 놈도 보인다.

2

며칠 비에 넘치는 황톳물
쑥대 무성한 셀브 강 흘러간다
벅뜨항 산 비알에 회게 돌로 새겨놓았던
칭기스항 얼굴도 흩어져내린다
내가 알았던 처녀 둘은 학교를 그만둔 뒤
멀리 호숫가 선교사로 떠났다
중앙우체국 담벼락 헌책방 주인 바쑴은
흰머리에 허리가 무거워
눕혀둔 헌책처럼 앉아 존다
나는『몽골에서 보낸 네 철』속
그의 이야기를 펼쳐 보인 뒤 함께

여섯 해 앞선 들로 들어섰다 나온다
바이스태는 안녕히 가세요 줄이면 바카
박씨는 몽골 말로 선생님
됫박에 고봉 콩이 쏟아지듯 그가 웃는다
바카 박 박씨야 바카 박 박씨야
몽골 낮달은 흰 달걀 이를 지녔다.

3
안녕은 생배노 지는 해 보며
기숙사 창을 연다 생배노
등불은 저보다 큰 등갓 그림자를 쓰고
천장에 붙은 채 나와 함께 밖을 내다본다
여름 비 끝에 눈을 이고 선 벅뜨항 산
먼 들에서 올라왔을 듯싶은 구름이
소식을 나누는지 서로 어깨를 부딪는다
새로 칠한 아파트에서는
자두처럼 익은 등불이 하나둘
신문지를 구기듯
아이 부르는 엄마 소리 들린다.

사막에 비

못물 마르는 땅에 비 내린다
여름이지만 겨울 같다
빗소리 후두두 까마귀 나래짓 소리
비는 버드나무 손바닥 길가 보드카 병 위로 진다
게르 식당 울타리 양고기를 걷다 말고 소녀는
들 끝으로 나가는 소떼를 본다
신기루 떠난 곳
우산 없이 그리움 내린다
사라진 마을 위로 내린다
비 내려 더 빈 아침
더위 피해 돌산 위로 올라간 양들이
아옹아옹 아기 소리를 낸다.

나롱톨 시장이 젖는다

나롱톨 시장이 젖는다
어제 젖고 밤에 젖고 아침에 젖는다
여섯 해 만에 들른 곳
입장료를 받는 여자 둘 보이지 않고
입성을 고친 담장 가게도 조용하니 잠들었는데
붉은 부리 까마귀만 먼 데서 온 먼뎃말을 거듭한다
시장 구석 모자점 옆 헌책방에서는
한국어 교본도 빗소리에 젖으리라
닿소리 홀소리가 낯선 듯 섞이리라
남북동서 오가는 차들 빈 한쪽
한국서 건너온 타이탄 트럭 하나가
비에 젖고 있다 유어용달
푸른빛으로 낡아 더 작아 보이는 글씨
유어는 어딜까 경상남도 창녕군도
낙동강 물가 유어면이 있는데 서울
어느 가장자리 용달회사 주인이 그곳 출신이었을까
나는 천천히 다가간다
고향 동생을 만난 듯 잠시
등을 두드려준다.

들개 신공

벅뜨항 산 꼭대기 눈
어제 비가 위에서는 눈으로 왔다
팔월 눈 내릴 땐 멀리 나가는 일은 삼간다
게르 판자촌 가까이 머물며 사람들
반기는 기색 없으면 금방 물러날 줄도 안다
허물어진 절집 담장 아래도 거닐고
갓 만든 어워 둘레도 돈다
혹 돌더미에서 생고기 뼈를 찾을 제면
다 씹을 때까진 떠나지 않는다
누가 보면 어워를 지키는 갸륵함이라 하리라
공동묘지를 돌면 소풍 나섰다 생각하라
울타리 아래 아이 똥을 닦아 먹고
비 온 뒤 흙탕물로 목을 축이며
물끄러미 발등을 핥는다
우리는 대개 검다 속살은 붉지만
시루떡처럼 부푼 석탄광 잡석 빛깔이다
때로 양떼 가까이 갔다 집개에게 쫓겨난다
그래도 사람 가까이 머물러야 한다
야성은 숨기고 꼬리는 내려야 한다
집 없고 가족 없는 개라 말하지 마라
들개는 본디 가족을 두지 않는다
사람 가운데도 더러 개를 닮은 이가 있으나
우린 마냥 들개다 잉걸불 이빨을 밝히고

짖는다 두려워 마라 물기 위한 일이 아니다
다만 사람과 거리를 둘 따름
어금니 빠지고 벽돌을 삼킨 양 속이 무겁지만
고픈 일이 배뿐이겠는가 길가 장작더미를 지날 땐
피어오를 저녁 불꽃을 떠올릴 줄도 아는
나는 들개다 그런데 사실을 밝히자면
목줄이 문제다 걷기도 힘들다
어려서 주인을 떠날 때부터 두른 목줄
풀지 못한 목줄이 몇 해 나를 졸라왔다
지나는 일족을 보며 나는 주로 앉아 지낸다
동정하지 마라 이렇듯 숨가쁜 슬픔도
들개의 신공이다.

숨흐흐부르드

숲으로 드는 길이 아니다
강으로 딛는 길도 아니다
사막도 가운데 사막 돈드고비 가운데
새홍차강 호수에 섬
위로 활짝 핀 절집 본다 숨흐흐부르드
비 오면 자랐다 줄었다 숨쉬는 물
사람 말 가라앉히는 물방석
돌로 받친 하늘 돌로 앉힌
열 개의 창으로 남은 절집은
천 년 앞서 세웠다 허물어졌다
일어섰다 다시 무너져 두 백 년
까마귀만 터를 닦으며 난다
바람 자고 칼날 햇살 쓰린 속에서
바라보는 쪽마다 낯빛 다른 돌집
동에서 검정빛 서에서 붉은빛
숨흐흐부르드는 두 백 년 옛날
가난한 성자가 마음을 묻은 곳
염불 소리 염불 노래를
길짐승 날짐승도 외웠으리라 사막 호수
절집을 찾는 이 이제 없고
뚫린 벽 아래 돌무지 서넛
슬픔도 괴고 쌓으면 줄어드는 것일까
잘 있거라 신기루 재우는 절집

내가 천천히 숨흐흐부르드를 벗어날 때
새흥차강 호수는 들 가득
달래꽃 흰 피륙을 덮어준다.

만들고비 가는 길

자작나무도 비탈에서는 성글다
느낌표 다발처럼 뭉클뭉클 섰다
오내리는 길 따라 어워가 두셋
어느덧 사막이 내 안에 든다
식당 마을 이름은 더위
앞차 미등을 물고 가는 걸음이 밤까지 덥다
마른내 진창에 갇혀 구절초 포기꽃처럼
버스가 뒤뚱거린다 그동안 천둥 번개는
후딱후딱 어둠을 들춰본다
여섯 시간 거리를 열두 시간에 닿은 만들고비
놀이공원이 먼저 맞아주는 도시
어느새 긴 겨울과 봄만 남은
사막도 가운데 사막
펴다 만 이부자린 듯
푸른 들을 발끝에 끌어다놓고
해 뜰 때까지 애룩*을 마신다.

* 말젖술.

시인과 코스모스

어둠이 초가지붕처럼 길게 내리는
사막 도시 만들고비 정류장
사람 차 떠난 거리에서
애록을 파는 형 동생 그리고 어머니
그들을 바라보는 이 있다
따랐던 붉은 영웅·수흐바트르처럼
요절한 시인 보양네메흐*
박물관 앞에서 청동 옷깃을 세운 채
청동 안경 너머로 고향 들을 지킨다
오는 이 찾는 이 없는 시인 곁에서
코스모스가 벗이다
시인과 같은 걸 보기 위해
발끝에 고개까지 한껏 들었다.

---

* 보양네메흐(1902~1937). 시인이자 소설가며 극작가. 돈드고비
아이막의 델게르항가이 솜에서 태어났다. 1921년 수흐바트르 장군
아래서 중국과 벌인 광복 전쟁에 참가하고, 인민정부의 비서로 일
했다. 한때 보리아드에서 몽골어를 가르쳤다. 1937년 처이발승에
의해 저질러진 스탈린주의 폭정 시기에 반동 지식인으로 몰려 죽
임을 당했다.

몽골을 살다

이경수(문학평론가, 중앙대학교 교수)

오늘의 몽골

일찍이 장소에 대한 각별한 사랑을 보여준 바 있는 박태일의 다섯번째 시집은 이 땅의 산천을 벗어나 몽골의 광활한 자연경관을 담아내고 있다. 몽골은 우리와 역사적으로 긴밀한 관계를 맺고 있던 지역이라는 점에서, 친숙하고 아련하고 복잡 미묘한 감정을 불러일으키는 땅이다. 아직도 유목의 전통이 남아 있는 곳이라는 점에서 우리에겐 미지의 땅이기도 하다. 박태일은 2006년 2월에서 2007년 1월에 걸쳐 약 1년 간 몽골에서 연구년을 보냈는데, 그때의 체험을 『몽골에서 보낸 네 철』이라는 여행기에 담아 2010년에 출간하였다. 그리고 3년 만에 몽골 체험을 담은 시집을 선보인 셈이다. 몽골의 체험이 시로 빚어지기까지 6~7년가량의 세월이 필요했던 것이다. 몽골의 산과 초원과 바다와 그곳에서 숨쉬고 생활하는 사람들의 온기가 희미해진 후에야 비로소 몽골이라는 장소의 이미지가 시인에게 그려졌는지도 모르겠다.

  눈으로 맞는 기차도 있고
  귀로 맞는 기차도 있다
  사람 내려놓고 기차 떠난 뒤
  다시 새벽까지 기다려야 하리
  만두를 파는 이도 삶은 양고기를 든 이도

보이지 않는다 잠시 섰던
기차는 어둠을 들쳐업고 북으로 올라간다
나도 기차에 업혀 남쪽 사막으로 내려왔다
올랑바트르 역에서 여섯 시간
어느 호수 밑바닥으로 걸어든 듯 마을은 어둡고
아이 재운 집 둘레로 검둥개만 돈다
얼굴을 맞대고 양고기탕을 나눌 벗도 없이
모랫바닥 식당 탁자에 턱을 괴고
기차가 내려놓은 늙은 불빛을 바라본다

　　　　　　　　　　　　　　　　—「밤기차」부분

　몽골은 시적 주체에게 밤기차의 이미지로 남아 있다. 밤
기차는 "귀로 맞는 기차"다. 고요하고 어두운 몽골의 밤, 기
차는 먼빛으로나마 눈에 보이기 전에 소리로 먼저 온다. 광
활하고 적막한 땅에서 시적 주체는 "귀로 맞는 기차"를 수
도 없이 만났을 것이다. 구석구석 지하철이 다니거나 버스
노선이 촘촘히 짜여져 있고, 그렇지 않다면 택시를 부를 수
있는 이 땅에서는 하염없이 무언가를 기다리는 시간을 좀
처럼 갖기 어려워졌다. 전국의 도시화와 함께 우리가 잃어
버린 시간을 몽골땅에서 시인은 실컷 겪었을 것이다. "사람
내려놓고 기차 떠난 뒤/ 다시 새벽까지 기다려야 하"는 시
간 앞에서 시적 주체는 도시의 삶에서는 느끼지 못했던 경
험을 비로소 하게 되었을 것이다. 도시에 길들여진 감각으

로는 미처 몰랐던 것들을 체험하게 해주는 곳. 몽골은 아마
도 시적 주체에게 그런 땅이 아니었을까.

올랑바트르 역에서 여섯 시간 밤기차를 타고 남쪽 사막으
로 내려온 시적 주체에겐 "만두를 파는 이도 삶은 양고기를
든 이도/ 보이지 않는다". 기차가 내려준 마을은 "어느 호
수 밑바닥으로 걸어든 듯" "어둡고" "아이 재운 집 둘레로
검둥개만" 도는 곳이다. 도시에서는 결코 맛볼 수 없는 칠
흑 같은 어둠을 그곳에서 시적 주체는 비로소 만난다. "얼
굴을 맞대고 양고기탕을 나눌 벗도 없이/ 모랫바닥 식당 탁
자에 턱을 괴고" 시적 주체는 비로소 순도 높은 외로움과 마
주선다. 이제 그는 도시의 불빛으로부터도 멀고 왁자한 사
람들의 소리로부터도 멀다. 머잖아 그것을 그리워하게 될
수도 있지만 온전히 혼자 있는 시간을 좀처럼 갖지 못하는
현대 도시인들에게 몽골땅이 안겨주는 적막한 외로움의 경
험은 분명 특별할 것이다. "아버지와 아들 손자 삼대가 소
양/ 염소를 번갈아 먹이는 들"에 시적 주체는 이렇게 밤기
차를 타고 당도했다.

한국말이 너무 하고 싶어서요
더듬거린다
칭기스항이 어릴 적 마신 달빛 어넌 강에서 자란 어넌
한국 노총각 몽골 처녀 짝짓는 일을 보는 언니
그 언니를 거드는 인문대학교 3학년

여름에는 짝지을 일이 뜸한지
풀밭길 뛰다 받은 손전화 너머에서
한국말 죄인인 날 향해 웃는다
방학이라 한국말이 너무 하고 싶었다는 어닌은
노총각 짝짓는 자리를 보여주지 않으려 했던 어닌은
다음주부터 한국 호텔 굿모닝에서 일한다는데
굿모닝굿모닝 여름밤 쐐기나방
한국 손님에게 시달릴 어닌은 웃고 있지만
이 방학 끝나면 울게 될까
한국말이 너무 하고 싶었다는
그 말이 극약이다.

                          ─「사를어닌」 전문

대개의 여행이 그렇듯 몽골 또한 시적 주체의 기대를 충족
시켜주기만 했을 리는 없다. 이 땅에서 우리가 꿈꾸는 몽골
과 오늘의 몽골은 분명 다를 테니까. 몽골에서 만난 이들은
때로는 시적 주체를 곤혹스럽게 했을 것이다. "한국말이 너
무 하고 싶어서" "한국 노총각 몽골 처녀 짝짓는 일을 보는"
"언니를 거드는 인문대학교 3학년" 사를어닌을 보는 시적 주
체의 속내는 착잡하기만 하다. "칭기스항이 어릴 적 마신 달
빛 어닌 강에서 자란 어닌"은 지금은 초라한 몽골의 현실에
노출되어 있다. 시적 주체에게 "노총각 짝짓는 자리를 보여
주지 않으려" 하는 최소한의 자존심을 가지고 있는 사를어

넌이지만 "다음주부터 한국 호텔 굿모닝에서 일한다는" 사를어넌이 그 자존심을 언제까지 지킬 수 있을지는 알 수 없다. "한국말이 너무 하고 싶었다는" 욕망으로부터 자본의 침탈이 시작됨을 이미 겪은 우리는 잘 알고 있지만 "그 말이 극약"임을 정작 수많은 사를어넌들은 모를 것이다.

아시아에서 우리는 도대체 무슨 짓을 벌이고 있는 것인가. 패권주의의 희생양이었던 우리는 이제 누구의 것인지도 모르는 가면을 쓰고 자본의 전위가 되어 아시아 곳곳에 침투하고 있다. "한국말 죄인인" 시적 주체는 사를어넌의 웃는 얼굴을 보는 마음이 편치 않다. 몽골에 가는 이들이 기대하는 것은 광활한 자연이겠지만 정작 그곳에서 만나는 것은 부끄럽고 곤혹스러운 우리의 얼굴이기도 하다. 몽골에 간다는 것은 그 곤혹스러움과 마주하는 일이기도 할 것이다.

쓸쓸한 레닌의 추억

몽골은 상실과 망각의 땅으로 박태일의 시에 종종 모습을 드러낸다. 한때 칭기스항의 점령하에 전 세계를 호령하던 광활한 몽골제국은 이제 과거의 영화를 잃어버린 상실의 땅이 되었다. 칭기스항의 고향에 가도 지나간 몽골제국의 역사나 칭기스항의 묵은 자취를 맛보기는 쉽지 않다. 아이막 박물관 안의 옛집에서 지난 시간의 흔적을 겨우 느낄 수 있

을 뿐이다. 몽골 인민혁명을 거치며 칭기스항의 흔적은 상
당 부분 지워졌을 것이다. 사회주의의 흔적은 몽골땅 구석
구석에 아직 남아 있지만 그 또한 지난 시절의 역사일 뿐 몽
골의 오늘을 말해주지는 못한다. 아직도 인구의 30퍼센트
정도가 유목민인 몽골은 과거의 기억을 품은 쓸쓸한 땅으로
박태일의 시에서 그려진다.

조국에서조차 허물어져내린 당신을
70년이나 머물렀던 당신을 그냥 둔
몽골 사람들 깊은 속을 알 순 없으나
어릴 적 혼자 앓다 낫던 생인손처럼
이 많은 사람 속에 당신은 문득 잊혀진 사람이던가
어느덧 당신이나 나나 고향을 두고 온 사람
나는 기껏 종가집 갓김치와 진간장을 사기 위해
해발 1350미터 거리 여저기
상점을 기웃거리는 좀스런 사람이 되었고
어지러웠을 혁명의 갈피마냥 촘촘하게
둘레 산마루까지 올라붙은 판자 판잣집들
3억 원짜리 아파트와 무상의 땅 밑 맨홀집이
중앙난방한 온수로 함께 따뜻한 이곳
너무 멀리 맑은 초원과 하늘
너무 뚜렷한 삶의 위아래
두 세상 끝을 한 품에 안고도

아침이면 모두 평등하게 일어나는 도시
그것을 밤낮없이 눈뜬 채 지켰을 당신은
무엇을 생각하고 있는가
홀로 입술 다물고 선 당신이
한 시절 돌보지 못했던 내 청춘 같고
1970년대 흩어진 사랑 같아 쓸쓸하기만 한데
낡은 전동버스는 흐르다가 서고 흐르다가 선다
거리전화 손에 든 사람들 전화기와 전화기 사이로
낮을 훑는 북국 바람은 무더기로 밀려와도
당신은 한결같이 평안하신가
안녕 레닌
안녕 안녕 레닌

—「레닌의 외투」 부분

　레닌의 동상이 몽골에 서 있다는 것은 다소 신기한 일이
다. 러시아에서도 철거된 지 오래인 레닌의 동상이 그가 몽
골을 방문했을 당시만 해도 몽골 올랑바트르 호텔 앞이라
는 상징적인 자리에 서 있었다. 레닌의 동상이 시적 주체의
시선을 사로잡은 까닭도 아마 거기에 있을 것이다. 1970년
대 초반 대학생 시절, 레닌과 카우츠키를 부지런히 읽었을
시적 주체에겐 그곳에서 만난 레닌 동상이 반갑기까지 했
을 것이다. 낯선 땅에서 만난 레닌 동상은 그로 하여금 옛
추억에 잠시 젖어들게 한다. 대학생이던 시적 주체에게 카

우츠키의 책『계급투쟁』복사본을 건네주었던 친구가 서독으로 흘러가 동독 문학을 배우고 독일인 아내와 돌아왔다는 사실이 문득 떠오르고, 올랑바트르의 낮고 어두운 겨울 공기가 "그가/ 처음 말아주었던 대마초 매운 연기처럼" 그의 눈을 찌른다.

그의 조국인 러시아에서조차 철거된 레닌 동상이 70년이 넘는 세월 동안 몽골땅 올랑바트르 호텔 앞에 서 있다는 사실에 감회에 젖던 시적 주체는 문득 "어릴 적 혼자 앓다 낫던 생인손"의 기억을 떠올린다. 어쩌면 레닌은 이곳에서 기억되고 있는 것이 아니라 잊혀진 것일 수도 있겠다는 생각에 이른다. "당신이나 나나 고향을 두고 온 사람"이라는 점에서 매한가지임을 시적 주체는 깨닫는다. 그의 눈에 비친 레닌 동상의 모습은 "한 시절 돌보지 못했던 내 청춘 같고/ 1970년대 흩어진 사랑 같아 쓸쓸하기만" 하다.

시인에 따르면 이 시는 그가 몽골에 체류한 후 제일 먼저 완성한 시다. 낯선 나라에서의 하루하루에 긴장해 있던 때라는 그의 고백에 비추어보건대 시적 주체가 레닌 동상을 처음 발견했을 때 느꼈을 반가움이 충분히 이해가 되고도 남는다. 그것은 이방인끼리의 유대감 같은 것이 아니었을까. 1924년에 일찌감치 몽골 인민공화국으로 국호를 고치고 세계에서 두번째로 공산주의 국가가 되었던 몽골은 1992년에 복수정당제를 원칙으로 하는 민주주의를 채택하고 시장경제정책을 도입했다. 박태일 시인이 몽골을 방문한 2006년은 시장

경제가 도입된 지 10여 년의 세월이 흐른 후였으니 몽골에
서 공산주의의 흔적은 이미 많이 사라진 후였을 것이다. 레
닌의 동상이 남아 있다고 해도 그것은 더이상 추모의 대상이
아닌 쓸쓸한 추억에 불과한 것으로 시적 주체에겐 느껴졌던
것 같다. 그런 그의 마음에 공명이라도 하듯 "낡은 전동버스
는 흐르다가 서고 흐르다가 선다".

　레닌 동상이 서 있는 올랑바트르 호텔 앞은 "오가는 이
끊"겼고, "차를 닦는 아주머니나/ 손을 기다리는 기사들",
오가는 행인들 누구도 동상에 "눈길조차 주지 않는"다. 쌈
지공원에는 레닌 동상과 시적 주체만이 "덩그러니" 서 있을
뿐이다. "무엇을 위해" "2250미터 높고 긴 벅뜨항 산을 바
라보고 있는가"라는 물음은 레닌 동상을 향해 던지는 것이
기도 하지만 시적 주체 자신을 향한 질문이기도 하다. 낯선
땅에서 그는 비로소 자신과 온전히 마주한다.

　　낙타똥 뒤섞이는 봄
　　동쪽 사막 기차역이 그림자 수건을 펄럭인다
　　어린 손녀와 주전부리 좌판을 잡고 선 뭉흐바트르
　　검은 두루마기 까마귀떼는 철둑길 모랫길 휘도는데
　　그대 무얼 껴입은 세월이었나
　　1950년 평양에서 기차로 흘러든 삼백 아이
　　더러 돌아가고 떠돌다 묻히고
　　어느새 꾀꼬리눈썹이 웃자란 채 그대

말도 이름도 모르는 설렁거스
오늘은 무슨 인사로 내게
거품 진 슬픔 한 병을 그저 건네는가.
—「사이다」 전문

　몽골땅에서 시적 주체는 우리의 아픈 현대사와 대면한다.
"1950년 평양에서 기차로 흘러든 삼백 아이"는 이곳에서 어
떻게 살았을까. "더러 돌아가고 떠돌다 묻히고"했을 그들
에 대해서 우리는 오랫동안 아무도 묻지 않고 관심을 기울
이지 않았다. 식민 체험과 전쟁과 독재로 얼룩진 현대사가
곳곳에 유이민을 낳았지만 아무도 그들의 인생을 책임지거
나 그들의 존재를 기억하지 않았다. 온전한 국가로서의 기
능을 하지 못하는 사이에 곳곳에 이방인으로 흘러든 디아스
포라적 주체들에겐 신산한 세월이 흘러갔을 것이다. "어느
새 꼬꼬리눈썹이 웃자란 채 그대/ 말도 이름도 모르는 설렁
거스"와 마주한 시적 주체는 그가 건넨 "거품 진" 사이다에
서 "슬픔 한 병"을 건네받는다.
　몽골땅에 이방인으로 거주하는 시적 주체가 느끼는 외로
움은 손전화를 만지며 사람들을 떠올리거나 전화번호 목록
에서 이름을 지우는 슬픈 "손장난"으로 표상된다. "어떤 이
는 속이고 떠났고/ 어떤 이는 얻을 게 없어 떠났고/ 어떤 이
는 지레 버림받아 떠났"음을 전화번호 목록을 보며 시적 주
체는 떠올린다. 우리들이 살아가면서 맺는 관계란 대개 그

런 것일 게다. 외로운 시적 주체는 "그들 목소리까지 지운
다"(「손장난」). 몽골은 시적 주체에게 이 땅에서 맺은 관계
와 사람들을 돌아보게 하는 곳이기도 하다. 관계 속에 있을
때는 몰랐던 주변 사람들과 그들의 의미를 다시금 돌아보
며 자성할 수 있는 계기를 외로운 몽골의 시간이 그에게 가
져다준다.

　　　큰 종 안에 작은 종
　　　종 둘을 발밑에 묻은 사람들
　　　두 소리 밟으며 배로 목으로 두 노래 부른다
　　　올랑바트르 붉은 영웅이 말을 몰았던 곳
　　　그의 사무실은 기념관으로 바뀌고
　　　여든 해를 넘기며 사람 발길 끊겼지만
　　　곧게 자란 버들 누이가
　　　버들잎 입장권을 뜯어준다

　　　한낮 세시 동쪽에서 서쪽에서
　　　마주 오가는 비행구름을 보며
　　　풀 따라 내려온 소들이 강두렁을 씹는 도시
　　　언덕배기 러시아인 공동묘지엔
　　　녹슨 바람개비가 돌고
　　　붉은 영웅이 말에서 내렸다는 광장가
　　　양파 주름을 까고 앉은 노인 둘이

엽전점을 뗀다.

—「올랑바트르」 전문

몽골의 서울인 올랑바트르 중심가는 수흐바트르 광장을 중심으로 이흐터이로와 바가터이로라는 두 거리로 이루어졌는데 이곳은 크고 작은 두 개의 종 모양을 본뜬 거리라고 한다. 그곳에서 몽골의 전통 노래 방식 중 하나인 흐미가 들려온다. "올랑바트르 붉은 영웅"은 몽골을 중국의 지배로부터 벗어나게 하고 사회주의 국가를 건설하는 데 디딤돌을 놓은 청년 혁명가 수흐바트르를 가리킨다. 서른 살 젊은 나이에 암살당하여 짧은 생을 마감한 그는 오늘의 몽골에서도 붉은 영웅으로 기억되고 있다. 그러나 "그의 사무실은 기념관으로 바뀌고/ 여든 해를 넘기며 사람 발길"도 "끊겼"다. "곧게 자란 버들"잎이 무상한 세월을 보여준다. "언덕배기"에 있는 "러시아인 공동묘지엔/ 녹슨 바람개비가 돌고/ 붉은 영웅이 말에서 내렸다는 광장가"에서는 "양파 주름을 까고 앉은 노인 둘이/ 엽전점을"떼고 있다. 붉은 혁명의 열기는 이제 어디서도 찾아볼 수 없다. 레닌도 수흐바트르도 쓸쓸한 추억의 일부로 남아 있는 몽골은 붉은 열기를 기억하는 이들에게는 상실과 망각의 땅이 되어가고 있다.

시원의 공간

한때는 칭기스항이 세계를 호령하던 제국이었고 세계에서 두번째로 사회주의 국가를 건설한 나라였던 몽골은 지금은 시장경제와 민주주의 체제를 받아들인 국가가 되었지만, 파란만장한 역사의 변전에도 불구하고 변하지 않는 것은 몽골의 광활한 자연이다. 많은 이들이 몽골을 찾는 첫째 이유는 바로 여기에 있을 것이다.

낙타가 갈지자로 걸어온다 버버 회오리가 온다 낙타는 젖꼭지가 네 개 오른쪽 둘은 새끼가 먹고 왼쪽 둘은 사람이 짠다 새끼가 먼저 먹지 않으면 젖이 잘 나오지 않는다 이젠 젖을 짜야 하리

낙타는 눈을 감고 코담배를 들이쉰다 지난주였던가 어뜨겅 가족이 게르를 걷고 떠난 자리 보랏빛 붓꽃이 턱을 괴고 앉았다 나도 젖이 네 개 달린 낙타가 되고 싶다 물끄러미 붓꽃이 되고 싶다.
                    ―「낙타 새끼는 양 복숭뼈를 굴린다」 전문

"낙타가 갈지자로 걸어"오고 "버버 회오리가" 오는 곳. 끝없이 펼쳐진 고비사막과 그곳을 횡단하는 낙타를 볼 수 있는 곳. 몽골은 그런 땅이다. 서쪽으로는 알타이, 항가이라

고 하는 큰 산맥이 뻗어 있고, 남쪽으로는 바위와 모래가 전부인 고비사막이, 동쪽으로는 아무것도 없는 초원이, 북쪽으로는 인간이 범접하기 어려운 시베리아의 침엽수림 타이가가 끝없이 펼쳐져 있다. 산맥과 사막과 초원과 타이가를 모두 품고 있는 이 드넓은 땅이야말로 시원의 공간이라 하지 않을 수 없다. 그곳에선 "새끼가 먼저 먹지 않으면 젖이 잘 나오지 않는다"는 자연의 섭리가 통용된다. 사람과 낙타가 공존하는 법을 터득한 지혜로운 시원의 땅, 그곳에서 시적 주체는 자연스럽게 낙타와 하나가 되고 붓꽃과 하나가 된다. "눈을 감고 코담배를 들이"쉬는 것은 시적 주체의 모습이자 낙타의 모습이다. 공존하며 자연스럽게 한몸이 된 이들은 구별되지 않는다. "어뜨겅 가족이 게르를 걷고 떠난 자리"에 "턱을 괴고 앉"은 이 또한 시적 주체인 동시에 "보랏빛 붓꽃"이다. 시원의 공간으로 몽골이 그려진 시에서 시적 주체는 낙타가 되고 붓꽃이 되는 '-되기'의 상상력을 집중적으로 보여준다. 몽골의 자연은 그곳에서 살아가는 이들을 자연에 동화되게 하는 놀라운 힘을 발휘한다.

겨우내 낭떠러지 추위에 떠밀려
기우뚱 뒤뚱 기름 녹고 접힌 두 등봉
털 빠져 헐거운 뱃가죽
짝과 새끼가 죽었을 때 낙타는 운다지만
오늘은 주인이 켜는 마두금 소리에

소금보다 짠 눈물을 끓이며
새끼에게 물릴 젖을 내어준다

어리석음이 어찌 덕이랴
낙타구름 떠가는 봄날
낙타는 사람을 배워 사람처럼 흐느끼고
나는 낙타를 배워
무릎을 끓는다.

—「낙타 눈물」 부분

　사막에서 더불어 살아가는 낙타와 사람은 자연스럽게 서
로의 목숨을 돕고 의지하게 된다. "유황불 젊은 날 다 보내
고/ 능선에 능선을 지고 선 낙타"에게서 시적 주체가 본 것
은 자신의 모습이 아니었을까. 늙어가는 낙타를 보며 시적
주체는 연민을 느끼고, 마침내 눈물로 교감하게 된다. "털
빠져 헐거운 뱃가죽"을 한 낙타의 볼품없는 모습이나 "짝과
새끼가 죽었을 때" 운다는 낙타의 생태는 그에게 낯설지 않
았을 것이다. "낙타는 사람을 배워 사람처럼 흐느끼고/ 나
는 낙타를 배워/ 무릎을 끓는다." 시원의 공간이 아니고서
는 낙타와 사람이 저와 같이 교감하고 동화되기는 어려웠
을 것이다.
　박태일의 이번 시집에는 자연과 동물과 사람이 하나가 되
어 교감하는 모습이 자주 등장한다. 사막을 걷다가 "양떼 신

기루를 만난" 경험을 그린 시에서는 시적 주체가 발을 헛디
딘 것을 "구름이 발을 헛디딘다"고 말하기도 한다. "휘청"
발을 헛디딘 순간 시적 주체의 "어깨가 촉촉"(「신기루」)해
진다. 그는 이미 구름과 하나가 된 것이다.

흔한 전깃불 하나 없다 밤새
거울에 비친 촛불에도 신령이 깃드는 마을
모래 굴에 새끼를 숨긴 늑대 언덕을 맴돌고
달빛이 씻어주는 불 오름 아래서
소똥만큼 흔한 이별을 흥얼거린다 남자들은
아내의 배꼽 풀무를 돌리며
펴고 두드리고 다시 녹인다 다리강가
꿈에도 금은을 입히는 이들이 오늘은
세상 한끝에서 별똥별을 묻는다
다리강가 옛 그리움은 잊어버렸나
국경 너머 실려간 딸들 먼
울음소리가 들리는 아침
여자들은 소젖차를 끓인다 뿌린다
이제 손거울마저 눕힌 상갓집에서는
지난밤 죽은 처녀가 떠나리라
울지 마라 먼길 그녀 쉬 갈 수 있도록
울지 마라 어제 깎아 던진 손톱 탓에
오늘 집짐승들 길 잃지 않도록

다리강가 걸음길이 멀어도
시간 약속을 않는 사람들
엉덩이 푸른 아이들이 몰려나가는
십 리 바깥 강가 호수 물비늘은
금귀고리 금팔찌로 철렁 철렁거리는데
붉은 낙타떼는 어느 하늘을 건넜을까
우레우레 쿵쿵 마른 우렛소리
들을 들었다 놓는 다리강가
마지막 불 나라.

—「다리강가」 부분

　다리강가는 몽골의 대표적 화산 지대로 청나라로 오가는 사신들이 머물다 가던 옛 도시이다. 기념품이며 선물용으로 쓸 금은 세공품을 만드는 데 주력했던 이 도시는 한때 융성하다 지금은 쓸쓸한 곳이 되었다. 다리강가족이 사는 다리강가 마을은 시인의 짐작과 달리 너무 피폐했다고 그는 몽골 여행기에서 적고 있다. 그런 모습이 시인의 눈길과 마음을 머물게 했겠지만, 정작 이 시에서는 시원의 생명을 간직한 곳으로 다리강가가 그려진다. 그곳은 "높고 거룩"한 땅이자 "흔한 전깃불 하나 없"어 "거울에 비친 촛불에도 신령이 깃드는 마을"이다.
　알틍어워 불 오름은 다리강가의 대표적 경관이자 불의 정수리이다. "멀리서 보면 중년 어머니의 젖꼭지처럼 편안하

고도 둥글게 돋은 불 오름"은 "잘생긴 호박을 꼭지째 반쯤
잘라 엎어놓은 것 같다"(『몽골에서 보낸 네 철』, 215쪽)고
시인은 말한다. 몽골에서는 성소에 오를 때 그곳이 눈에 보
이기 시작하면 입으로 그 이름을 말하지 못한다는 금기가
있다고 한다. 금기가 많이 남아 있는 사회는 두려움을 아는
사회이다. 박태일이 그리는 몽골은 시원의 거룩한 생명을
품고 있고, 자연과 신에 대한 두려움을 간직하고 있는 신령
스러운 땅이다.

한철 들을 떠돌다
깨닫느니 그대가 내 들임을
그대 두고 헤맨 부질없음을
부질없기로는 겨울 얼음이 여름까지 타는 골짝
등딱지 흰 게르 한 채 앉히고 싶다
염소 풀어놓고 낙타 몰아놓고
작은 공룡알 찾아 굴리며 그대와
얼음 불꽃 쬐고 싶다.

—「욜링암」 전문

욜링암은 몽골 남쪽 사막 옴느고비로 여름에도 빙하가 남
아 있으며 "독수리 깊은 입안에 갇혔다는 느낌"(『몽골에서
보낸 네 철』, 352쪽)을 주는 곳이다. 1965년부터 보호지역
이 되었다가 지금은 더욱 엄격하게 통제되는 장소가 되었다

고 한다. 높은 데는 거의 200미터까지 솟아 있는 이곳은 지구상에 얼마 남아 있지 않은 시원에 가까운 공간이다. 그곳에서 시적 주체는 "한철 들을 떠돌다" "그대가 내 들임을" 비로소 깨닫는다. 여행자의 모습을 띠고 있지 않더라도 현대인은 대개 방랑자다. 그들처럼 머물 곳을 모르고 나아가기만 하던 시적 주체는 몽골의 자연 속에서 "그대 두고 헤맨 부질없음을" 깨닫는다. "염소 풀어놓고 낙타 몰아놓고/ 작은 공룡알 찾아 굴리며 그대와/ 얼음 불꽃 쬐고 싶다"(「욜링암」)는 그의 바람이 이곳에서는 실현 가능해 보인다.

둥근 슬픔의 땅

지구상에 존재하지 않을 것 같은 시원의 공간은 파란만장한 역사로 얼룩진 슬픔의 땅이기도 하다. "사람들 울음을 받아주고 스스로 우는 산"이어서 이곳은 울음을 품은 땅이 되어버렸는지도 모른다. 시인은 그곳에서 "울음의 전생"과 "후생을 본다."(「어뜨겅텡게르를 향하여—황동규 시인」) 한 가지 눈여겨볼 점은 박태일의 시적 주체가 슬픔의 이미지를 둥글게 그리고 있다는 점이다.

햇살이
햇살이 데리고 왔다

버드나무 가로수로 왔다
귓불에 처진 금귀고리와
바람이 닦은 주름 얼굴
서쪽 1400킬로미터
헙뜨 산골에서 입고 온 두루마기는 빛깔도 푸른데
돌아서서 우는 손녀
쥐여준 종이돈이
슬픔을 굴린 듯 둥글다
이제 첫 학기 시작하면
네 해 동안 만나지 못할 할머니
그새 뜨실지 모를 할머닐
햇살 사이로 만나
두 발 푹푹 빠지는 노을 속으로 보낸다
찰랑거리는 땅금
큰 키 손녀와 함께.

—「이별」 전문

시장경제가 들어서며 급속도로 현대화가 진행되고 있을
몽골의 풍경은 오래전 우리의 모습을 어딘가 닮았다. 그것
은 우선 대가족 해체의 징후로 드러날 것이다. 할머니와 손
녀가 한집에 모여 살던 풍경은 이제 이별의 풍경으로 전환
된다. "이제 첫 학기 시작하면/ 네 해 동안 만나지 못할 할
머니", 어쩌면 "그새 뜨실지 모를 할머니"와 이별하며 "돌

아서서 우는 손녀"의 모습은 우리에게 친숙하다. 손녀에게 용돈을 쥐여주기 위해 손녀 얼굴을 한번 더 보기 위해 "서쪽 1400킬로미터/ 험뜨 산골에서" 두루마기를 입고 올라온 할머니의 모습은 "귓불에 처진 금귀고리와/ 바람이 닦은 주름 얼굴"로 형상화되어 있다. "할머니가 쥐여준 종이돈이/ 슬픔을 굴린 듯 둥글다". 다시 볼 날을 기약하기 어려운 저 애틋한 이별은 아련한 슬픔으로 전해져온다. "햇살이 데리고" 온 할머니는 "두 발 푹푹 빠지는 노을 속으로" 떠나간다. 할머니의 뒷모습이 "찰랑거리는 땅금"과 함께 오래도록 여운을 남긴다.

> 게르는 둥글다
> 게르에선 발소리도 둥글다
> 게르 앞에서 아이가 돌멩이를 굴린다
> 둥글게 금을 긋고 논다
> 아이 얼굴도 둥글다
> 햇볕에 씹혀 검고
> 마른 꽃을 잔뜩 심었다
> 아이는 여자로 잘 자랄 수 있을까
> 더위를 겉옷인 양 걸친 양떼
> 헴헴헴 게르 앞을 지나간다
> 슬픔을 둥글게 머금은 아이가
> 지는 해를 본다.

몽골은 시적 주체에게 둥근 이미지로 온다. 몽골의 유목 생활이 낳은 게르부터 둥글다. 게르는 오랜 세월 유목생활을 해온 몽골의 생태와 날씨에 최적화된 이동식 천막으로 아코디언처럼 접었다 폈다 할 수 있는 구조를 하고 있어서 거주에도 이동에도 편리하다. 게르의 둥근 형태는 오랜 유목생활이라는 경험과 세월이 쌓여서 완성된 것이다. 시적 주체가 게르에서 둥근 슬픔을 읽어내는 것은 결국 몽골 유목민들의 슬픈 역사와 세월을 엿보았기 때문일 것이다. "게르에선 발소리도 둥글"고 게르 앞에서 노는 아이의 얼굴도 그아이가 굴리는 돌멩이와 그어놓은 금도 모두 둥글다. 몽골 땅의 슬픔이 어느새 그곳에서 태어나 자라는 아이에게도 스며들었을 것이다. 아이에게서 그 아이가 살아갈 세월의 신산함을 미리 보아버린 시적 주체는 연민을 느낀다. "슬픔을 둥글게 머금은 아이가/ 지는 해를 본다." 아니 이미 여자가 된 아이가, 그리고 그들에 동화된 시적 주체가 둥근 슬픔을 머금고 지는 해를 본다. "삶은 둥근 슬픔에 찔리는 일"(「타락을 마시는 저녁」)임을 아는 그의 눈에 그들의 둥근 슬픔이 보이기 시작한다.

　　달래는 슬픈 이름
　　한번 달래나 해보지

121

달래바위에 피를 쫗었던 일은 우리 옛적 이야기
유월부터 구월까지
하양부터 분홍까지
어딜 가나 저뿐인 듯 피어 떠드는 달래
달래는 몽골 말로 바다
두 억 년 앞선 때는 바다였다는 고비알타이
소금 호수 천막 가게에서
달래 장아쩔 카스 안주로 주던
달래는 열 살
아버지 어머니
달래 융단 아래 묻은.

—「달래」 전문

이 시에는 세 가지 달래가 등장한다. '달래나 보지'라는 슬픈 전설의 주인공이기도 한 봄철 우리의 밥상을 행복하게 하는 달래와 몽골 말로 '바다'를 가리키는 달래와 시적 주체가 "소금 호수 천막 가게에서" 만난 달래. 이들은 하나같이 슬픈 빛을 띠고 있다.

시인에 따르면, "가을빛이 누렇게 내리기 시작한 들에서 흔히 눈에 드는 풀은 흐믈이라고 일컫는 달래"(『몽골에서 보낸 네 철』, 202쪽)라고 한다. 무서운 생명력을 지닌 달래는 산이고 사막이고 몽골 어디에나 가득하다. 이 달래를 몽골 사람은 소금에 절여 반찬으로 삼는다고 한다. 이 땅에서는 슬프고 안타까운 짝사랑의 전설을 담고 있는 달래가 몽골에선 지천인데, "달래는 몽골 말로 바다"라고도 한다. 그곳에서 시적 주체는 "달래 장아찔 카스 안주로 주던" "열 살" 달래를 만난다. 슬픈 이름을 지닌 그 아이는 "아버지 어머니"를 "달래 융단 아래 묻"은 사연을 지니고 있다. 시적 주체가 몽골에서 만나는 사람들과 자연은 하나같이 오랜 세월에 닳아 둥글둥글해진 슬픔을 하나씩 품고 있다.

별과 별 사이 강이 흐른다 별똥별은 첨벙 어느 골짜길까 먼 데 어머니가 들르러 오시나 보다 다른 별로 건너다니시는 어머니 병 다루는 솜씨가 서투신 까닭이다 어머닌 녹지 않을 가루약인 양 슬픔을 녹여 드신다 숟가락처럼 길게 휜 병상에 누우셨다 화성으로 목성으로 해왕성으로 다닐 때부터 어머닌 철길보다 더 녹스셨다 덜커덩 침목 소리를 허리로 받으신다 어느 별에서나 병을 업고 병을 반짝이신다

어머니 구완하다 먼저 떠나신 아버지 멀리 건너갈 밤이셨던 게다 천왕성 아래서 담배를 피우신다 어떤 별은 먼지를 떨면서 땅금 아래로 내려간다 아버지도 그 길을 따르신다 나는 무슨 별일까 토성 문밖까지 가보았던가 누워 사는 별 하늘 바닥에 물관을 늘어뜨리고 자는 별 살갗을 터뜨리며 갑자기 사라지는 별 차고 뜨거운 별마다 병이 다르다 은하수는 눈병 탓에 수천 억 개 물방울을 반짝이는 게다

별이 기르는 슬픔은 길다 무겁다 끓는 밥 김처럼 별빛
투덜거린다 외길로 풀린 병을 묶으며 칭얼거린다 흰 별 붉
은 별 앙앙 부딪친다 별자리 풀썩거린다 혼자 빛나다 문
득 흐느끼는 별 허물어진 가슴을 꺼내 보여주며 주저앉
는 별도 있다 북두칠성과 다투지 마라 별에는 병동도 없
이 병으로 가득하다 한 해가 끝나는 십이월 끝자락이다
나는 사막 너른 밤에 앉아 두 시간 뒤에 떠날 명왕성 기
차를 기다린다.

—「북두칠성과 다투지 마라」 부분

몽골땅의 둥근 슬픔을 포착한 시적 주체의 시선은 자연스
럽게 어머니에게로 흐른다. 지구상 어느 곳의 시인에게든
둥근 슬픔의 상징으로 어머니를 떠올리는 일은 자연스러울
것이다. 그중에서도 몽골은 더욱 각별한 어머니 사랑을 보
여주는 곳이다. 시인에 따르면 몽골에서 어머니는 예나 지
금이나 큰 존경을 받고 있어서 어머니를 다룬 시를 쓰지 않
은 몽골 시인이 없을 정도라고 한다. 대중가요 중에서도 빠
지지 않는 으뜸 주제가 어머니라고 하니 특별한 어머니 사
랑을 짐작하고도 남는다.
  이 세상 어머니, 그것도 나이들어 병든 어머니를 별에 비
유한 이 슬프도록 아름다운 시에 보탤 말이 무엇이 있을까.
"무릎이 굽고 어깨가 내려앉아 마음까지 쏟아지는" 어머니,

"철길보다 더 녹스"신 어머니, "덜커덩 침목 소리를 허리로 받으"시는 어머니를 둔 이라면 "어느 별에서나 병을 업고 병을 반짝이"시는 어머니의 모습에 마음 한구석이 저릿저릿해올 것이다. 이 세상 모든 어머니는 별이다. "어느 별에서나 병을 업고 병을 반짝이"시는 어머니. 사막에서 쏟아지는 별을 보며 밤을 지새우던 시적 주체는 밤하늘에 반짝이는 무수한 어머니들을 만난다. "녹지 않을 가루약인 양 슬픔을 녹여 드"시던 어머니는 "숟가락처럼 길게 흰 병상에 누우셨다". 병상에 누워 별이 된 어머니. 그러므로 "별이 기르는 슬픔은 길"고 "무겁다". 몽골땅이 둥근 슬픔으로 가득한 것은 저 별들 탓인지도 모른다. 몽골몽골, 둥근 슬픔이 굴러다니는 듯하다.

몽골에서 만난 나

몽골에서 보낸 네 철은 박태일 시인에게 자신과 대면하는 자성의 시간이자, 권력과 욕망이 부딪치는 도시의 삶에서 입은 상처를 치유하는 시간이기도 했던 듯하다. 품이 넓은 자연에 몸을 부리고 그곳에서 생활인으로 적응해 살아가면서 둥글둥글한 몽골의 말과 생태에 그도 전염되어간다. 결국 그도 돌아오기 위해 떠난 것이다.

화요일에 태어난 아이와
토요일에 태어난 아이 그리고 나
셋이 웃는다
화요일햇빛 토요일햇빛 그 이름으로 살아갈 누리
길어 여든 짧아 서른인데
어버이들은 어찌 명줄 오랠 일만 걱정했던가
십대 이후 나는 자주 불행했다
길게 흩어 태웠던 소총 화약 매운 연기처럼
좁은 허파꽈리 속으로 들썩이던 슬픔
미끄럼틀 위에서 미끄러지던 정치에 불행했고
비루하던 치정에 불행했다
자주 불행했던 나와 자주 불행할 몽골 아이 둘이
함께 소젖차를 마시노라니
벅뜨항 산 위로
오갈 데 없이 머문 구름
제 혀끝을 씹는 매화
낭자한 핏발.

　　　　　　　　　—「수흐바트르 광장에 앉아」 전문

　한국 현대사의 비극은 대개 정치사로부터 연유한다. 정의
를 구현하지 못한 불행한 현대사는 "비루하던 치정"으로 이
땅을 물들였고 그로 인해 이 땅에서 살아가는 평범한 이들은
"불행했다". 몽골 아이 둘에게서 시적 주체가 보는 것은 "십

대 이후 자주 불행했"던 자신의 모습이다. 파란만장한 현대사 속에서 우리네 부모들은 대개 자식의 명줄을 걱정했지만 지나고 보면 서른 생이나 여든 생이나 그리 다를 것도 없을지 모른다. 중요한 것은 오래 사는 것이 아니라 행복하게 잘 사는 일임을 뒤늦게 깨닫지만 "미끄러지던 정치"와 "비루하던 치정"은 개인의 행복을 간섭해온다. 이 땅에서 시적 주체가 "자주 불행했"듯이 몽골의 아이 둘도 "자주 불행할" 것임을 그는 예감한다. 슬픈 예감은 대개 틀리지 않는다. "자주 불행했던 나와 자주 불행할 몽골 아이 둘이/ 함께 소젖차를 마시"는 풍경은 그들뿐만 아니라 우리에게도 치유의 힘을 발휘한다.

미크로버스는 가득했다 늦은 저녁
톨 강 질러 동쪽 관문 건너 날래흐
늙은 카자흐족이 석탄을 캐며 세운 마을
어둠 서둘러 내려앉아 우묵하고
게르 안에 갓 피운 아이들 웃음소리 다란거렸다
남으로 탄맥이 삼각파도처럼 검게 자라도
언덕배기 절집이 배부른 라마탑을 안고 고요한 곳
거기서부터 날래흐는 양털 손수건처럼 펄럭거렸다
칭기스항 고향으로 나가는 동쪽 길에는
몇 해 앞서부터 은빛 동상 새 칭기스항이 사람을 모은다는데

유목민이라도 밤을 떠돌진 않는다
올랑바트르까지 20킬로미터
어둠을 툭툭 박으며 까마귀처럼 달려갈까
타르왁처럼 게르 밑을 쏠다 지샐 것인가
정류장 앞길로 차는 들어와 서는데
나갈 차는 오지 않았다
막차를 놓친 이국종 검둥개
나는 게르 불빛을 눈으로 캐며
왼쪽 다리를 들어올렸다
나무 울 구석에다 오줌을 질금거렸다.

—「밤차를 놓치고」전문

　"유목민이라도 밤을 떠돌진 않"음을 미처 몰랐던 시적 주
체는 막차를 놓치고 홀로 낙오된다. 낯선 땅에서 막차를 놓
친 당혹스러운 경험을 하며 그는 이방인의 순도 높은 고독
감에 사로잡힌다. "늙은 카자흐족이 석탄을 캐며 세운 마
을"에는 어둠이 서둘러 내려앉고 "게르 안에"는 "갓 피운
아이들 웃음소리"가 들려온다. 하지만 게르 안에서 들려오
는 단란한 웃음소리도 게르의 따뜻한 불빛도 그의 것이 될
수는 없다. 낙오된 경험을 통해 시적 주체는 자신이 "막차를
놓친 이국종 검둥개"에 불과함을 아프게 깨닫는다. "왼쪽
다리를 들어올"려 "나무 울 구석에다 오줌을 질금거"리는
모습에서는 고독한 이방인의 짙은 비애와 자조가 느껴진다.

몽골이라는 거대 자연 속에서 철저한 이방인으로 1년의 시간을 보낸 시인이 한국땅으로 돌아온 지도 6년가량이 지났다. 이제 그가 살면서 보고 느낀 몽골은 더 많이 훼손되었을지도 모른다. 그의 기억 속에서도 몽골에서 만난 사람들과 풍경들이 희미해졌을 것이다. 오랜 시간 품고만 있던 몽골 시편들을 시집으로 묶는 시인의 마음은 어떤 것일까?

『몽골에서 보낸 네 철』의 마지막 부분에서 시인은 다시 돌아온 한국땅에서 "권력이 저를 반성하지 않고, 이익이 저를 포기할 리 없는 세월 곳곳으로" 끼어들 수밖에 없음을 자인하면서도 "그럴 때마다 내가 겪은 몽골"이 "나에게 무엇을 일깨"(447쪽)우기를 기대한다. 어쩌면 몽골에서 본 사막보다 더 막막한 사막에서 살고 있는 시인과 우리에게 몽골의 슬픔과 쓸쓸함은 우리의 나날을 비춰보는 거울이 될 수 있을지도 모르겠다. 그곳 몽골에는 "올랑바트르 대학교 다닐 때 교수님이 지어준" "한국 이름"을 가진 조아라가 살고 있다. 스물아홉 그녀는 "나롱톨 시장 들머리서 한국인 관광객이 냄새난다고 말하자/ 이러려면 몽골에 왜 왔어요 벌떡 얼굴을 세워/ 눈물을 찢어대던" 여성이다. "땅콩 까부는 듯한 말소리"(「조아라를 기억해주셔요」)를 지닌 조아라를 시적 주체는 기억하고자 한다. 기억한다는 것은 잊지 않고 사랑한다는 것임을 그는 잘 알고 있다. 몽골에는 우리가 잃어버린 우리의 모습이 살고 있다. 별이 된 어머니와 많은 조아라들. 그곳에서 만난 우리의 자화상을 잊지 않는 데 박태일의 시가 기여할 것이다.

박태일 경남 합천에서 태어나 1980년 중앙일보 신춘문예에 시가 당선되어 등단했다. 시집으로『그리운 주막』『가을 악견산』『약쑥 개쑥』『풀나라』『옥비의 달』, 연구서로『한국 근대시의 공간과 장소』『한국 근대문학의 실증과 방법』『한국 지역문학의 논리』『경남·부산 지역문학 연구 1』『마산 근대문학의 탄생』, 비평집으로『지역문학 비평의 이상과 현실』, 산문집으로『몽골에서 보낸 네 철』『시는 달린다』『새벽빛에 서다』를 냈다. 2006년 한 해 동안 몽골에 초빙교수로 머물렀다. 현재 경남대학교 국어국문학과 교수로 일하고 있다.

— 문학동네시인선 049
달래는 몽골 말로 바다
ⓒ 박태일 2013

— 1판 1쇄 2013년 12월 27일
1판 3쇄 2022년 8월 31일

지은이 | 박태일
책임편집 | 유성원
편집 | 김민정 김필균 강윤정 김형균
디자인 | 수류산방(樹流山房) 본문 디자인 | 유현아
마케팅 | 정민호 이숙재 박치우 한민아 이민경 안남영 김수현 정경주
브랜딩 | 함유지 함근아 김희숙 박민재 박진희 정승민
제작 | 강신은 김동욱 임현식
제작처 | 영신사

펴낸곳 | (주)문학동네
펴낸이 | 김소영
출판등록 | 1993년 10월 22일 제2003-000045호
주소 | 10881 경기도 파주시 회동길 210
전자우편 | editor@munhak.com
대표전화 | 031) 955-8888 팩스 | 031) 955-8855
문의전화 | 031) 955-3578(마케팅), 031) 955-2678(편집)
문학동네카페 | http://cafe.naver.com/mhdn
인스타그램 | @munhakdongne 트위터 | @munhakdongne
북클럽문학동네 | http://bookclubmunhak.com

ISBN 978-89-546-2364-3 03810

* 이 책의 판권은 지은이와 문학동네에 있습니다. 이 책 내용의 전부 또는 일부를 재사용
하려면 반드시 양측의 서면 동의를 받아야 합니다.

잘못된 책은 구입하신 서점에서 교환해드립니다.
기타 교환 문의: 031) 955-2661, 3580

www.munhak.com

— **문학동네**